鎌倉山中小庵日記

——ちょっと徳《トク》する和尚の話

大下一真

角川書店

鎌倉山中小庵日記　目次

——ちょっと徳《トク》する和尚の話

装幀・イラスト・ブックデザイン　南　一夫
カバー写真　野口　彈
帯写真　永石　勝

本著は月刊『短歌』二〇一二年五月号から二〇一四年六月号に連載された「日々のいろいろ」に加筆修正したものです。

鎌倉山中小庵日記

——ちょっと徳《トク》する和尚の話

シガーのけむり

わが吐けるシガーのけむり光帯び新しき年周辺にあり　　窪田空穂『清明の節』

正月というと思い出すのが、この歌。一服して吐いたけむりが、光の中をたゆたう。その光には新年らしい感じがそこはかとなく宿り、作者は陶然としてけむりと光を見ている。「煙草」と言わず「シガー」としゃれたもの言いも面白い。正月を迎えた空穂は数えの九十一歳で、この四月に逝去している。つまり、煙草を最晩年まで離さず、天寿を全うしたことになる。他にも煙草の歌は多いが、やはり晩年の二首。

気ばらしに喫ふシガーなれ何とせむ喫へば咳き出で妻の憂ふる
寝てあれば残るは口の欲にして葡萄好ましくポール・モールうまし　『去年の雪』

「喫へば咳き出で」であるにもかかわらず「ポール・モールうまし」と、煙草から離れられない翁は、なんとなくいじましく、可愛くもある。煙草を吸ったからとて必ずしもガンになるわけではないという、愛煙家の理屈と願望を見事に遂げてくれた空穂である。

こう書き起こして、今回は禁煙の話に進む。

高校のトイレで吸うほど先進的ではなかったが、煙草の吸い始めは大学生の時で、当時の煙草は大人になった証しのようなものだった。それから三十余年、五十五歳の誕生日に禁煙を思い立った。五十五歳という根拠は希薄だが、父も二人の兄も味わえなかった五十歳という年代を生きていることにささやかな感慨はあり、その真ん中の五十五歳になった記念に何かをしようと思ったのである。僧侶という、声を出す仕事の喉に障り始めている感じがあったのと、あちらこちらで喫煙場所が限定され始め、憎形がさような場所を求めてうろうろすることへの羞《はじ》らいが背景にはあった。

さてそれで、今回は何度目かの禁煙の試みである。とりあえずあまり気張らないことにして、少しずつ本数を減らすことから始めた。そして、ついに一日に一本。だが、この一日一本という日がどれくらい続いたか。耐えに耐えて口にする一本は、実に旨い。酒ではないけれど、羽化登仙の境である。一と0とは天地の差で、最終目標は0。禁煙である。いつまでもこんなことをしていてはまた旧の木阿弥と、羽化登仙境から飛び降りた。そもそも坊さんの喫煙率が高いのは、独りで部屋に籠って仕事をすることが多い、一国一城ならぬ一刻一畳の主だから、誰に遠慮もなく煙草を吸えるからだ。誘惑はいつも隣にある。さような事情はともかく、なんとか耐えて耐えて、数日。それで次に襲った敵は、夢。夢の中で煙草を吸う。パターンがいくつかあって、ひとつは、吸っている自分に気付いて、ああ吸ってしまったなあとしみじみと悔やんでいる。もうひとつは、吸っている自分に向かって「ほら吸ったでしょう」と誰かが責める。誰かというのが女性なのだが、女房ではない。ともかく責められる。せっかくやめたのに一本手を出したばかりに、とはよくある話で、自分も何度も経験している。その恐れが心の底深く離れないのだろう。夢の中で吸ってひたすら後悔する。しかし、旨いなあと思って吸っているのだから、困ったものだ。実はもうひとつ別のパターンもある。吸っている自分に気付いたあとしみじみ悔やむのではなく、もう吸ってしまったのだからと居直って、立て続けに数本吸う。このあさましさに、目覚めがとても悪い。おのが本性の低劣さに苛《さいな》まれるのだ。〈喉《のみど》撫で鼻腔さすりてゆく香り煙草は旨きものにありけり『即今』〉はかような時期の拙作である。

　禁煙して、八年。さすがにこの頃は夢も見ない。しかし、ある日気がついたら、大学生になった息子が煙草を所持しているではないか。強権を発動してやめさせようかと思ったが、とどまった。煙草の旨さと、いずれ体験するだろう禁煙による自己凝視が、彼の人格形成に良い力を及ぼすであろうことを信じて。

梅のはなし

二月といえば梅である。瑞泉寺は、「鎌倉の山中小庵」と自称しているが、実は境内はそれなりに広く、梅は若木老木、大小とりまぜて百五十本ほどあって、一応は観梅の名所とされている。
時期になると電話での問い合わせが多い。正直な話、数にも閉口するが、もっと困るのはその内容である。
「梅の良いのはいつごろですか」
「早いのがよければ一月下旬、花の数が多いのがよろしければ二月中旬から下旬、あるいは三月上旬。名残ならばその後になります」

　これで答えになっているのかどうか分からないが、良いかどうかは好みに関わって、こちらでは判断できかねる。本音を言えば、「時節それぞれの味わいがあるから、良いも悪いもない。いつだって良い季節だ」となるが、それでは喧嘩になりそうなので言わない。

「梅の満開はいつですか」

「いろいろな種類の梅があって、それぞれの木の満開は異なりますから、どの木と特定してくだされればお答えできますが、そうでないと答えに困ります」

　これも理屈っぽい答えかただとは思うが、実際そうなのだ。桜はソメイヨシノを基準にするようだが、実は桜だって種類いろいろで、満開の時期は違う。梅となればもっと幅があり、開花時期もずっと長い。「何分咲きですか」という問いと同じく、本当に答えに困る。そもそも、梅は満開を味わうものだろうか。「梅一輪一輪ほどのあたたかさ」という句はあまりにも有名だが、一輪開きまた一輪開いて、春が少しずつ訪れてくるような、そういう味わいが梅だと思うが、あるいはこれも個人の好みかも知れない。

「おたくの梅は何色ですか」

「白、紅、白と紅、黄があります」

梅林とはいうがもともとは梅の実を取るための木だけだと、林は白一色ということになる。そのような経験があっての問いだと思われる。対してこちらは「白・紅」と答え、「白と紅、黄があります」と続ける。一般に梅は紅か白だけれど、一本の木で紅と白の花を咲かせる種類がある。それが答えの「白と紅」で、「思いのまま」という名がつけられている。なるほど人間の「思いのまま」という感じはする。他に小庵には黄色の梅もある。臘梅《ろうばい》とは違う。花弁は小さく、臘梅ほど鮮やかな黄色ではないが、ともかく黄色。牧野富太郎博士はこの木によって「オウバイ」と命名された。江戸時代から知られた園芸種で、鎌倉市の天然記念物に指定されている。「臘梅ではないのかね」という問い合わせが時どきある。「違います。紅梅、白梅と同じ梅の黄色です」と答えると、「ほほお、それは珍しい」「だから天然記念物です」となる。臘梅を黄梅と言いくるめているのではないのかという、まるで詐欺をたしなめるような言い方をされることもある。坊さんを疑ってなりませぬぞえ。

こう書くとなんだか梅が咲くのを面倒くさがっているようだが、決してそのようなことはない。冬ざれの庭が賑やかになって、心も明るんでくる。

梅の花ほほほと開き桃の花ぽぽぽと笑い人は戦う　『月食』

庭を掃いていると、こんな歌も生まれてくる。「梅や桃の花が笑うんですか」と問われたことも多いが、本当に笑うのだ。梅も、正確に言うと白梅と紅梅で多少は違うのだが、最初は「ぽ」で始まりながら、はにかんだように「ほほほ」になる。対して桃は、ひと月ほど後の暖かな頃に咲くせいもあろうが、「ほほほ」ではなく「ぽぽぽ」である。「ぽかぽか」「ぽんぽん」の「ぽ」は解放感を伴う。

かように、花を見ていると心が安らぐ。人が無益な戦いをするのは、花の言葉や笑いが聞こえないからなのだろう。しかしまあ、人の言葉の端を捉えてあれこれ言うのも無益な戦いとさほど変わらないかも知れぬ。くわばらくわばら、庭を掃きに出るとしようか。

あれから一年

鎌倉の山中小庵にもお墓があって、お彼岸ともなれば善男善女がお参りにみえる。たいていは、お布施やお供物を持って玄関に挨拶し、用意された線香を受け取って墓参する。そこで、立ち話程度だが、言葉が交わされる。「彼岸なのにいつまでも寒いですねえ」とか、「今年はことに寒かったけれど、お風邪など召しませんでしたか」といった、まあありきたりなものが多い。しかし、時にぎょっとすることもある。

現れた老女T「こんにちは、ずうっとご無沙汰で……」。ご無沙汰も何も、半年ほど前に危篤だと言って長男が来て、細かにお葬式の相談までしたのだ。その頃しばらくは気にとめていたのだが、忘れるともなく忘れていたら、「こんにちは」だ。「お、お元気で。た、体調はどうですか」と、驚きが声に出る。老女T「ええ、それはもう、棺桶に片足入りましたけど、その先のお呼びがかからなくて、ほほほ」。葬儀の相談までしたとは言えないので、「それはそれは、まあ慌てて行かなくてもいいでしょう」などと笑いながら応える。人の命は本当に分からないものなのだ。

しかし、昨年の春のお彼岸はいつもと違っていた。あの三月十一日の一週間後のことである。首都圏では計画停電が行われ、山中小庵も折々停電した。お蔭様で蠟燭に不自由はないが、電気がないと井戸水を汲み上げることができない。お墓参りの閼伽《あか》水《みず》も井戸から回している。計画停電の時間によっては、早朝に閼伽水の汲み置きなどした。そんな手間ひまの一面、お参りも少なかった。電車の間引き運行のせいもあっただろうが、被災地の映像を見て受けた衝撃が大きかったのかと思う。みんな気が滅入っていたのだ。

直接ではないが、周囲には罹災者も多かった。

「Fさん（私の従兄）の息子が女川で津波に遭ってね、社宅の四階でも家財道具を全部流されたんだって。家族はそれぞれのところにいて無事だったそうだけど」は親戚のH女からの電話。私「親は静岡なのに、なんだって女川に住んだのかね」。H女「だって女川原発が職場なんだもの」。私「………」。

「A（友人）がさあ、春休みの帰省中に運転免許取るつもりで釜石の教習所にいて、あと三十分で全教程が終わるという時にぐらっと来て、避難しろと言われたんだって。あと三十分だぜ、冗談じゃないよってハンドルにしがみついてたんだけど、津波が来るという。仕方なく離れたら、本当に後から津波が追いかけてくる。懸命に逃げて山の上から見下ろしたら、教習所は跡形もなかったって。大槌のAの寺ではお祖父ちゃんと従兄が流されたって、あいつもげっそりとやつれてさあ」と言ったのは、大学生の長男。

坊さん仲間のK曰く「大地震だって旅先で聞いて慌てて帰ったら、足元の町は津波で流され、とりあえず寺は避難所。知り合いを訪ねてイベント用のガス台を出してもらって煮炊きしたり、遺体が上がったので葬式したいけれど家族のもう一人が行方不明のままだからどうしようと葬儀屋が言って来たりで、大混乱。檀家の中には、五人全員流された家というのもあった。そのうちに原発の事故がはっきりして、避難命令。葬儀もできない檀家あり、遺体が上がるのを待っている檀家ありで、仕方がないから家族だけ避難させて、自分は息殺して寺を守っていたのだけれど、見回りが来るんだよね。〈避難して下さいよ〉〈はいはい、心配かけてすみませんねえ〉なんて、さすがにとぼけられるのは三回まで。しばらくは本当に避難してたよ。うちは原発から三十一キロなんだよ」。

健やかに大地が震い波立ちて人は惑うと言えばさなれど
放射能浴びてゴジラの生れしこと五十年経て現実となる

こんな駄作もできて、あれから一年。忘れてはいけない痛みだが、ありきたりの会話で済むお彼岸は嬉しい。そう、卒塔婆を二百本も書かねばならない、などとぼやいてはいけないのだ。

新入社員の季節

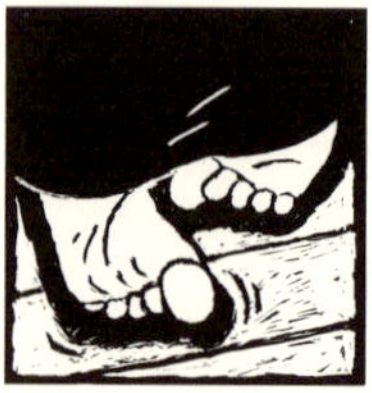

四月といえば新入社員の季節で、ふた昔ほど前、高度経済成長期の日本の会社は、新入社員教育の一環に坐禅を取り入れる所がかなりあった。小庵の本山円覚寺は平素から一般向けの坐禅会に積極的な伝統があるうえに、企業から依頼されて社員教育に協力もした。かく言う私は、修行道場を退いてほどなく本山出仕を命ぜられ、企業研修をしばらく担当した。

企業研修の坐禅会には二つの型があって、一つは三時間程度の日帰り研修。もう一つは宿泊研修で、原則は二泊三日。朝晩の坐禅に加え、修行道場風の食事の作法を学んで実践してもらう。坐禅もさりながら、この食事作法が参加者にはこたえるようだ。

会社の教育担当に引率されて入門した社員諸氏は、動きやすい服装に着替え、坐禅の仕方、食事作法を教わる。ご飯、味噌汁の他二品のおかずだけという簡素さなのに、正座、一切無言、音を立てずに、すべてを伝統の所作に従えという。食事を配る方にもやはり伝統の所作と順序があって、こちらのほうが大変。間違えると叱声、怒声が飛ぶ。「伝統の所作」というけれど、文字での説明は手間がかかるので省略。まあ、一度聞いてすぐにできるようなものではない。

ひとわたり説明が終ると、実践。食事支度の始まりで、まず間違える。間違えれば怒鳴られる。怒鳴られれば萎縮する。萎縮しつつもやり直す。かくて時間がかかるほどに、配ってもらって食べるだけのほうも正座の足が痛い。もそもそして怒鳴られる。足が痛いだけではなく、「背筋を伸ばせ」「沢庵は音立てて嚙むな」「所作をちゃんとしろ」と叱声が飛ぶ。お腹すくのを取るか足の痛さからの逃避を取るか、気分はハムレット。だが、全員が食べ終らなければ解放はない。

食事が終って、痛む足をさすっているうちにもう夜の坐禅の時間。警策《けいさく》という棒が容赦なく振るわれる。足は痛い背中は痛い、なんと長い二時間ほどか。やっと終って風呂にいけば、「高談戯笑を禁ず」という張り紙。そう言えば、風呂も三黙道場の一つだから無言でと指導があった。そして朝は五時に起床。顔を洗えばすぐに坐禅、朝食……という長い一日。

受講生の心境は、ざっとまあこんなものだろうと思う。こう書くと大変そうだが、実は指導するほうも楽ではない。そもそも、普段は柔和、温厚な私が、指導のために鬼のようにならなければならない。怒鳴らなければいけないのだ。

食事作法の覚えがえらく悪い会社があった。体育会系のようなゴツいやつが多かったから、こちらも力が入って、声が嗄れるほど怒鳴りまくった。やっと終って帰ってきたら、台所の賄いのおばちゃんが心配そうに、「和尚さん、おうちでなんかあったんですか」。

社員教育で坐禅している写真を表紙に使いたいという業界紙があるが、協力してもらえないかと、ある会社に頼まれた。シャッターの音はする、フラッシュは光る、これほど坐禅の妨げになるものはないのだが、最初の十分間だけ絵になるように協力するから、終ったら即刻立ち去るという決めになった。ところが、その場になってみると、十分過ぎてもいっこうに終る気配はない。たまりかねてカメラマンに向かって怒鳴った。その瞬間、たしかにフラッシュがたかれた。そして、業界紙ができてきて見れば、最後のあの怒鳴った瞬間のものが使われている。それはそれはコワい顔だった。業界紙というけれど、親戚で見た者があって、「あんな顔するんだねえ、嫁さん来たあとで良かったねえ」と言ったとか言わないとか。

坐禅会で昔お世話になりましたと訪ねて来る人もいる。信心の花咲か爺としては嬉しい。円覚寺では、企業研修と関係なく、一般の希望者のために毎朝の坐禅会をしている。研修の指導がない時は、こうした人達と一緒に坐る。そんな折の一首。本当は坐禅中に短歌など作っていてはいけないのだが。

禅堂の暁闇しだいに白みつつ人は人なる形なしくる　　『足下』

律儀者の話

瑞泉寺の和尚がくれし小遣いをたしかめおれば雪が降りくる

山崎方代『右左口《うばぐち》』

知る人ぞ知るこの名歌が生まれたのは昭和四十四年頃のことで、方代さんはたいてい夕方、不意に山中小庵の玄関にあらわれた。あらわれると、「瑞泉寺の和尚」こと豊道和尚は小遣いを包むのに奥に入る。そしてふたたび出てくるまでのしばしが私の担当で、いろいろな話を聞く。和歌山に女性を訪ねていった話や、姉さんに小遣いをねだると迷惑そうな台詞を周囲にことさら聞こえるように言いながらお札をさりげなく落としてくれるとか、面白かった。和尚もそんなに長い話はせず、封筒に入れた「小遣い」をあげていた。歿後にいろいろ聞いてみると、実際にもらった金額よりも、もらったと言っている金額のほうがはるかに多いことが分かった。それは方代さんなりの敬意の表し方で、根はけっこう律儀だったのだ。

さてそれでこう書き出しながら、今日の本題は、和尚から小遣いをもらうのではなく盗む話である。

先だって、広島県は三原市の警察署から電話があった。言うことには、当地で賽銭泥棒を捕らえて調書を作っているのだが、昨秋あたりに鎌倉の寺の幾つかで泥棒したと自白している。その中にそちらも入っているのだが、被害届が出ていないようだと。昨秋あたりと言われても、実はまったく記憶も自覚もない。

「あのー、被害って幾らくらいなのでしょうか」

「当人は記録をきちんとメモしていて、その自白によると二千六百円だそうです」

「はあ、二千六百円」

境内のお地蔵様や露座の石仏に上がっている賽銭をかき集めてもそんなにはなるまいし、本堂などの主要施設の賽銭箱だとそんな程度では済まない。痕跡も残るだろう。となれば、ちょっと離れたところの地蔵堂だろうかと想像は働くが、実際はそれらしいものに出会っていない。それで、「どうも被害に遭ったという認識がないものですから」「まあそうかも知れません」ということで、よく分からぬまま、なんとなく一件落着。ついでながら、野球は広島カープファンの私は、三原署の警察官ドノのまさにご当地ならではの広島弁を堪能したのだった。

「当人は記録をきちんとメモしていて」で思い出したのだが、賽銭泥棒には律儀な人が多いのだろうか。以下は東京都下某市の坊さん仲間から聞いた話。

「賽銭泥棒が入ったようなので、警察に連絡した。被害届を出すように言われたが、はたと困った。幾ら盗られたか分からない。相談したら、それはそうでしょうから多めに書かれたらどうですかと言われた。そのとおりにした。それからしばらくして、賽銭泥棒が東北のほうで捕まったという連絡が入った。律儀な性格で、いつどこで幾ら盗ったか、ちゃんと記録をしてあるという。その記録によると、あそこでは被害届ほどの額は盗ってはいないと言っている。坊主が嘘を言っているというのですが、対決しますかって、警察がね」。

この話には尾ひれがついて、「坊主が嘘を言っている。嘘は泥棒の始まりって言うんだぞ」と泥棒が息まいたとか言うのだがそれはともかく、全員がそうというわけでもなかろうが、律儀に記録を残している賽銭泥棒の話が二つあると、いろいろ思う。仏様の前で偸盗《ちゆうとう》を働くのだから、もとより地獄堕ちも覚悟の所業である。それに、幾らたくさん働いたからといって、雲霧仁左衛門のような所得にはなるまいし、かっこう良くもない。鬼平犯科帳にも賽銭泥棒の話はなかったようだ。思えば、なんとも寂しい生業ではあるまいか。いかなる因縁でそのような世界に堕したものか。いちいち記録を取っておく律儀さを生かす道は、別にないのだろうか。締め切り過ぎて催促されて、慌てて原稿依頼書を読み返すようないい加減なヤカラの私にだって、山中小庵の主はつとまっていることを思えば、ああなんとも寂しい律儀者よ。

掛け軸の話

伝統的和風建築から成り立っているので、山中の小庵といえども床の間はそれなりの数になる。床の間があれば、掛ける軸にも心配りをしなければならない。そう言うとなんだか面倒くさそうだが、実は逆で、私にとっては楽しい仕事の一つである。つまりは書軸の類が大好きなのだ。書かれた字の美しさ、面白さ、時代と内容、書いた人、ここにあることの由緒などを思い、時にわくわくと、また時にしみじみと向かう。高僧の墨跡良し、歌人の書また良しである。

それで今回は、いくつかの書軸の話である。

ある時、そういう筋に詳しい弟弟子の一人が、「なにやら細かいことがいろいろ書いてあって、最後に空穂という名前が読める書を見かけましたが、持って行きましょうか」と言う。細かいことがいろいろとあれば短歌ではないだろうから、あるいは手紙の類かと思って、とりあえず運ばせて見たら、長歌がしたためられていた。

友に寄す
文芸の名に隠れて、貴族趣味にあこがるる人よ。我は思ふ、文芸とは貴族の心を持ちて、平民の道を行ふものなりと。正直に、率直に、有りを有りとし、無きを無きとし…………

誌面の都合で以下は略すが、『郷愁』に収められている、窪田空穂の文芸観を吐露した代表歌の一つである。誰が如何なる事情で手放したものか。むろんすぐにわが所有とした。嬉しかったので、何かの折に師窪田章一郎に話したら、機会を作って見に行こうと言って下さった。しばらくして、その機会は訪れた。

紅葉ヶ谷《やつ》錦屏山を名に負へりみ寺にしのぶ盛りのもみぢを　　『定型の土俵』
歌の友大下一眞の寺に来つ空穂の歌軸にむかひて坐る

「歌の友大下一眞」は恐《きょう》懼《く》の極みだが、「空穂の歌軸にむかひて」ご覧下さったのは、平成元年の秋のことだった。

師章一郎といえば、章一郎の書した〈鉦鳴らし信濃の国を行き行かばありしながらの母見るらむか〉という『まひる野』所収の空穂の代表歌の大幅は、「まひる野」の仲間のSさんから頂戴した。誰かに依頼されて揮《き》毫《ごう》した折に、何枚か余分に書いたからと、信濃ゆかりのSさんに下さったのだという。「でも、うちもマンション住居になって、床の間がないから」という話だった。これがたしかに当世の住宅事情ではある。

もうひとつ、書幅の話は、やはり山崎方代。

「方代さんがうちに来て酒飲んで機嫌よくなって、何か書くものはないかと言うんですよ。書くものたって障子紙くらいしかない。それでいいからっていうから出したら、長々と広げて嬉しそうに書いた。でき上がってみたら長過ぎて、うちではどうにもならない」と言ったのは、方代と同じ甲州生まれの清水正仁さん。〈ほんとうの酒がこの世にあった時父もよいにき吾もよいたり〉という『方代』所収の歌が存分に躍って気分は良さそうだが、軸装にしても普通の床には長過ぎる。それでもまあ仕立てて、方代忌の時にほぼ天井の高さから吊すように掛けている。そこでしみじみと見ると、もとが障子紙だから、継ぎ目がある。継ぎ目をそっと撫でると、貧農に生まれて、戦争で眼を失って、それでも志を立ててこの世界に名を残した山崎方代の、なんとなく貼って継いだような生涯が思われないでもない。

生活習慣の移ろいや住宅事情から、この先いよいよ床の間のある家が少なくなる。掛けられる場所を失った書幅が、床の間を求めてどっと押し寄せるようにはならないか。山中小庵の住持はひそかにさような夢を見、しかしそれは貪欲《とんよく》というものではないかと、ひとり恥じ入ったりもするのである。

吉野秀雄艸心忌

山中小庵の七月の行事といえば、第一土曜日は吉野秀雄艸心忌《そうしんき》である。

吉野秀雄は明治三十五年七月に高崎の商家に生まれ、慶応大学の理財科予科に入学しながら肺患に罹り、その道を断念。療養中に正岡子規の作品に親しみ、また国文学の独修に励んで会津八一に私淑し、写生を基本におく独自の歌風をもって、迢空《ちょうくう》賞、読売文学賞などを受賞。昭和四十二年七月十三日に鎌倉の自宅で逝去した。享年六十六歳。

*

歌人として、万葉集や良寛の研究家として、また書家としても知られるが、加えて、ドラマティックな生涯と人間性が、折々に語り継がれてきた。

古畳を蚤のはねとぶ病室に汝《な》がたまの緒《を》は細りゆくなり
をさな子の服のほころびを汝《な》は縫へり幾日《いくひ》か後《のち》に死ぬとふものを

昭和十九年八月に、妻はつが四児を残して四十二歳で逝去した。逝去の前夜、妻に求められて二人はまぐわう。命の極みの壮絶な性愛である。

これやこの一期《いちご》のいのち炎《ほむら》立《だ》ちせよと迫りし吾妹《わぎも》よ吾妹《わぎも》
ひしがれてあいろもわかず堕地獄《だじごく》のやぶれかぶれに五体震はす

後に発表されたこれらの作品は、小林秀雄が絶賛するところとなった。やがて、再婚。相手の登美子も再婚で、前夫は八木重吉という、キリスト教に道を求める詩人であった。遺された詩稿を世に出すのに、吉野秀雄は大いに力を貸す。

これの世に二人《ふたり》の妻と婚《あ》ひつれどふたりは我に一人なるのみ
重吉の妻なりしいまのわが妻よためらはずその墓に手を置け

喘息による心臓発作、リューマチ、糖尿病などと闘いながらの壮絶な晩年も含め、書いていけばまこと話の種の尽きぬ生涯で、没後間もなく、次男吉野壮児による『歌びとの家』、鎌倉アカデミア時代の教え子山口瞳の『小説吉野秀雄先生』という二つの小説が書かれたことは、多くの人の知るところである。

＊

それからほどなく、二つの小説を原作に、中村登監督による『わが恋わが歌』という映画が作られた。その配役は、記憶によれば次のようだった。吉野秀雄＝先代中村勘三郎、妻はつ＝八千草薫、妻登美子＝岩下志麻、長男陽一＝中村賀津雄、次男壮児＝竹脇無我、山口瞳＝緒方拳、他に俳人役で三木のり平。当時としてもなかなかの豪華メンバーではなかったか。

吉野秀雄には山中小庵での歌も少なくないので、ロケが何日間か行われた。学生だった私にも、断片的だがいくつかの思い出がある。へんなオッさんが部屋の隅でなにやらがさごそやっていると思ったら、勘三郎の着替えだった。岩下志麻はぱっとしない装いだと思ったが、それはロケ用で、終わって帰る時にはサングラスに皮のミニスカート姿に変身、「お世話になりました」と微笑んだその顔は、〈艶然〉とはかようなことかと、若者をしばし陶然、呆然とさせたのだった。

＊

艸心忌である。忌だから、まずは経を読む。祭壇には、大きな写真が飾られる。見ると、勘三郎主演の映画が思い出される。現実と映画が交錯する。そしてその結果、これが八千草薫と岩下志麻の二人を妻にした人物かと、経を読みながらなんだかねたましくなり、坊さんは自分の心を持て余したりするのである。

嗚呼！　艸心忌。

嬉しくない同居者

いにしへの疎石《そせき》もここの見わたしを眼皮《がんぴ》綻《ほころ》ぶと詩偈《うた》に讃《たた》へき

吉野秀雄『晴陰集』

昭和二十八年作「夢窗国師を偲びて」と詞書のある一首。国師夢窓疎石の小庵での詩の一節に「此ニ到テ人々ノ眼皮綻ブ」とあるのをふまえている。〈ここに来るとすばらしい所だと喜んで、人々の目尻がほころぶ〉といったほどの意である。夢窓国師が山中小庵を開いてより、六百八十年余の歳月を重ねた。昔むかしから「眼皮綻ぶ」

という周囲の山のたたずまいはあまり変わってはいないのが、小庵の誇りである。そして、変わらぬたたずまいの中で、いろいろな生き物と共に暮らしている。が、中には嬉しくない同居者もいる。

嬉しくない同居者の筆頭が、リス。日本古来の種ではないタイワンリスが、鎌倉の山中を跳梁跋扈している。江ノ島で飼われていたものが逃げ出したという話で、最初は餌付けした人もいたが、そのうちにけっこうなワルであることが分かった。梅、椿、楓などなんでも齧るので、耐え切れずに枯れる枝も少なくない。電線も齧る。私設のインターフォンは廃棄となった。小庵では井戸から滝への配水管の外のゴムが齧られ、水が噴き出した。修理費が十万円となれば笑えない。ある時、ひげの生えたリスが枝から枝へ飛び移るのを見て、たまげた。観察したら、ひげが生えたのではなく、黒い縄のようなものをくわえていたのだ。気がついたら、樹木の支えをつなぐ棕《しゅ》櫚《ろ》縄が食いちぎられている。山中に自生している棕櫚の皮を使って巣作りしていることは知っていたが、人口増（？）で素材が足りなくなったか、人さまの棕櫚縄を窃盗する。タイワンリスだから巣作りに棕櫚を使うのは分かるけれど、樹木の支えがぐらついたら役をしないので困る。

嬉しくない同居者のもうひとつが、アライグマ。十年も昔だが、のら猫に内緒で餌をやっていた娘が、変な動物がキャットフードを食べに来ると言う。窓越しに見ると、猫よりは一回りほど大きい。眼が大きくて何となく愛敬がある。尻尾の毛色が薄茶色とこげ茶色のリング状になっているので、アライグマと分かった。夜行性で、迷惑は家の周辺のゴミをあさって散らかす程度だが、屋根の上ものともせずのっしのっしと歩き、ところかまわず糞をするので非衛生なのが困る。北米原産というこの動物、アニメの影響で可愛いと思って飼い始めたが実は獰猛で、家では飼えないと分かった無責任あるじが野に放ったのが増えたのだという。

タイワンリスやアライグマ以前にずっと山中に住んでいる有難くない仲間が、マムシ。毒蛇である。何かの折に出くわすと、〈ぞっと〉というより〈ぞお〜っと〉する。害をなすものだと血が知っているのだろう。紫陽花のさし芽をした横長のプランター二個を、庭のはずれに置いて何年たったか。紫陽花をそろそろ地に放つかと、建物の近くに持ってくることにした。プランター一個、腰をすえて持ち上げる。多少重いことは覚悟だったが、みょうに重い。それでも持ち上げられぬはずはないと、気合いを入れて持ち上げる。なにやら、ごりごりというへんな感じ。で、持ち上がった。持ち上がったあとに目が行く。たぶんその時、本当に飛び上がったと思う。そこになんと、マムシがとぐろをまいているではないか。プランターをどう置いたか、記憶にない。とにかく一目散に逃げ帰った。そして翌日、おそるおそる見に行った。当然ながら、とぐろをまいたマムシはいない。しかしよく見ると、隣のプランターの下に移動したようなのだ。もう動かすのはあきらめた。二度と行く気になれない。それからかれこれ一年ほどたったか、やはりプランターを移すことにした。もうさすがにマムシはいないだろう。とは思うが、コワい。そこで、庭の手入れやあれこれ手伝ってくれる老爺に移動を頼んだ。むろん、とぐろをまいたマムシがいたことなど言わずに。知らなければ知らないで、コワいことなどないのだ。二十分後、「移動終りました」と声がかかった。

山崎方代忌楽屋話

山中小庵の七月の行事といえば吉野秀雄艸心忌《そうしんき》だと書いたが、九月は山崎方代忌である。甲州右左口《うばぐち》に生まれた山崎方代が鎌倉で亡くなったのは昭和六十年で、一年後に〈方代を偲ぶ会〉、その翌年から方代忌として、山中小庵を会場に継続されている。ただ、命日の八月十九日前後の土曜日曜は歌壇結社の全国大会の開催と重なりやすいので、九月の第一土曜日に移した。

〈放浪〉〈漂泊〉〈無頼〉〈天衣無縫〉といった言葉で語られることが多かった生前の方代さんだが、実はたいへん愛想がよく、「坊ちゃん、坊ちゃん」と私は呼ばれた。

それらたくさんの思い出は『山崎方代のうた』や『方代さんの歌をたずねて』などに書いたので、ほとんど新しいネタはない（ついでながら、『方代さんの歌をたずねて』の第四弾というか最終篇というか『東京・横浜・鎌倉篇』を今年の命日に合わせて上梓する）。それやこれやで、今回は方代忌楽屋話。

会場と日時はおのずと決まっていて、講師の依頼や細かな事項の確認、仕事分担などもなんとなく例年のこととして粛々と進められ、そして当日。十一時前には裏方手伝いの男女十余名が集う。クリーニング屋、設計士、建設業、大工、アパレル関係、主婦、正体経歴不明の数名などなど、中で短歌関係者は若干名。短歌に無縁な人が多いのが方代さんらしいところか。

最初の仕事は袋詰め。資料、紙コップ、記念品、そして銘酒「方代」。「方代」という酒は秋田の造り酒屋が、この日のためだけにラベルを貼ってくれる。字は無論、方代さんの墨痕。袋詰めが終ると、お弁当。方代さんの晩年の艸庵の家主、鎌倉飯店店主根岸侊雄《てるお》さんが元気だったときは、とんかつ弁当だった。おやじの揚げたてとんかつは旨かったなどと感傷に浸っていると講師や出席者が到着するので、うかうかできない。食べ終ると、受け付け、販売、講師接待など、これもなんとなく決まっていて配置につく。

午後二時、住職による読経。読経は短い。「忌」と称するから経を読むが、短いのが方代さんらしいと住職はうそぶく。本当は、檀家さんのお経でもとても短いのだ。お経の後は開会の挨拶があって、基調講演。岡井隆、岩田正、尾崎左永子といった歌壇の重鎮がかつてここで方代を語り、振り返れば高嶋健一、玉城徹、紅野敏郎などの先生方は鬼籍に入られた。ここ五年ほどの講師は花山多佳子、佐佐木幸綱、沖ななも、来嶋靖生、久々《くく》湊《みなと》盈《えい》子《こ》と、敬称略で申し訳ないこの豪華メンバーに語ってもらえる方代さんは幸せだ。始まればほどなく裏方の仕事も一段落、講演に耳を澄ます。難しい言葉がいっぱい出て来て、方代さんてエラかったんだねえと思い、それにしてはそう見えなかったなあと思い、しかし百人を超える人が来るのだから大したものだと、あれこれいろいろ思う。

基調講演が佳境を過ぎた頃、裏方がそわそわし始める。次の準備だ。講演が終ったら乾杯。二合瓶の「方代」は入っているが、残暑厳しい午後とあれば、ビール。もっとも小さな缶だが、配る準備。支度に入ると、待ち遠しい。仕事が待ち遠しいのではなく、一緒に乾杯したいのだ。我慢できなくてついつい手が動いて蓋を開けてしまって、プシュッという音に、住職が声を出さず顔だけで叱ったことがあった。ここは純文学の世界だぞ、と。講演が終ると手早く缶を配る。乾杯する。ビールは旨い。それからいろいろな人が思い出を語ったり、難しいことを早口で喋ったり、「去年話した石田さんて、熊本から来た人。亡くなったんだってねえ」などと陰ではひそひそも。

会がはねると、方代さんグッズの販売に声を張り上げる。そして片付け。手早くやろう、二次会だ。二次会は、鶴岡八幡宮前のお店。ビールもお酒もたらふくあるが、参加者が予定より多過ぎて食べ物がないという悲鳴も。かくて方代忌の一日は短いのである。

片付けておかねばならぬそれもまたみんな忘れて呑んでしもうた

山崎方代『こおろぎ』

大下豊道和尚の話

「葬儀ができた」と和尚が言う。学校を休んで手伝えということである。仕方ないとは思うが、折悪しく試験日である。それでもいろいろ打ち合わせをして、品川駅で待ち合わせということになる。着替えている時間も場所もないから、法衣姿で登校して試験を受ける。仏教学部だから、法衣姿で講義なさる教授もおられるが、試験中の学生ともなれば別で、仲間からはなんだなんだと好奇の目で見られ、監督からはうさん臭い目で探られる。法衣はゆったりしているから、カンニングペーパーなどどこにでも入りそうなのだ。答案が書けても三十分は退出できないから我慢して、時間が過ぎ

たらさっと提出して早退。駒沢からどういうルートで急いだかは記憶にないが、ともかく品川駅での待ち合わせもなんとか間に合って、お葬儀。

もう四十年も前のことだが、どうして法衣姿で試験を受けなければならなかったか、そしてそれが文学とどう関わるかという話である。

手作りの椎茸あぶりすがすがと豊道和尚酒を下さる　吉野秀雄『晴陰集』

瑞泉寺の和尚がくれし小遣いをたしかめおれば雪が降りくる　山崎方代『右左口《うばぐち》』

七月の吉野秀雄艸心忌《そうしんき》と九月の方代忌のことは書いたが、二人にこのように歌われた大下豊道和尚について、山崎方代は、随想集『青じその花』の「瑞泉寺和尚」で次のように賞賛する。

ここの住職は、大下豊道和尚といって、それはそれは、とてつもなく偉い坊さんである。
戦前は一軒の檀家もなく、世の中からまったく取り残されて返り見る人とてない、さびれた山寺にすぎなかった。豊道和尚は数珠のかわりに斧をふるい、薪をたばね、炭を焼き、楢の木に椎茸の菌を植えつけてこれを育てて、金に替えてこの寺を護りつづけたと聞いている。近くは観音堂の背後の池と土砂を覚悟をもって取り除いて、四百年間眠りつづけていた夢窓の泉を新たに発掘して、当初の凡ての極意を、ここに復元して、この国を豊かにしてくれたのである。

信州伊那谷に生まれ、終戦直後に「さびれた山寺」に入った和尚は、「斧をふるい、薪をたばね……」というところから始め、山門、鐘楼、茶室二棟や仏殿、庫裡を建て、客殿を移築、そしてついには開山夢窓国師の庭園を発掘復元した。方代の言う「四百年間眠りつづけていた夢窓の泉を新たに発掘して」である。こう書くと世渡り上手のやり手のように聞えようが、実は純朴、良くも悪くも子供のような人だった。人の縁を大事に、お参りする人と気が合えば季節の椎茸や筍をふるまった。「手作りの椎茸あぶり」や「和尚がくれし小遣い」という冒頭の歌が詠まれた所以である。いっときは、精進料理の寺として知られもした。

私は縁あって大学二年の春からここに来て、和尚を戸籍上は養父、現実には師匠と仰ぐこととなった。学校に通いながらの小僧生活である。ずいぶんと気を遣ってもらったと今頃になって気付き、慚愧《ざんき》の念に堪えないことも多い。しかし、良くも悪くも〈子供のような〉人である。可笑しいのは、お経を読むことが大の苦手だった。背が低く儀式映えしないという思いこみがあったようだが、縁と人柄で檀家というものもできて、お経は読まねばならない。苦手でもやらなければならないとなれば、どうするか。簡単明瞭、お経はできるだけ短くする。人に頼る。そう、この弟子は来る前からお経はそこそこ読めて、まこと都合が良い。おだてておけば一通りはこなしてくれるのだ。

で、冒頭の「葬儀ができた」となる。つまりは和尚のお経苦手のゆえであった。そんな思い出も残して、命日のこの十月十三日は、二十七回忌になる。

坊さんの髪の話

愛でられし花も憎まれし草も枯れ僧形の頭《ず》に帽子かぶらん　『月食』

草花に季節の移ろいを感じ取る歌が多いと、私の作品は言われるが、実は、寒暖をもっとも敏感に捉えるのは、頭である。頭脳ではなく、頭皮。剃ってむき出しの僧形の頭皮だから、一般の人以上に風や日光を感じる。草花の枯れる頃になるとにわかに風が冷え、頭が寒くなる。毛糸の帽子が欲しくなる。一度かぶると取るのがつらく人前でもつい不精になるから、なるべく遅くまで我慢しているのだが、まあ十一月の半ばくらいが限度で、ひと冬に幾つか、取り換えながらかぶり続ける。そして、春先からはキャップになる。直射日光と暑さよけである。髪の毛がないと涼しいと思うかも知れないが、実は、直に日が当たって暑いのだ。

ひと昔前の僧の略装は、着物に茶人帽といういでたちが多かった。茶人帽というのは、千利休が頭に載せている、あの形の帽子である。着物姿に茶人帽は良いが、キャップは合わない。作務衣《さむえ》だとキャップも許容範囲と思える。毛糸の帽子やキャップは、平素に作務衣を着用するようになってからのことなのだ。

さてそれで、髪の毛の話である。

どれほどの間隔で剃るのですかと、よく聞かれる。臨済禅の修行道場では、基本的に五日ごとに、おのおの自前の剃刀を持って、二人一組で剃りっこする。切れ味鈍い剃刀の持ち主と組むと、シェービングフォームなし、水だけつけて剃るのだから、毛を剃っているのか肌を削っているのか。入門間もないと互いにあまりに悲劇的なので、先輩の助けが入る。それでも傷口五十ヶ所という、切られ与三みたいな話も残る。

住職してからは、T字形の剃刀で一人で剃ることが多い。電気剃刀の方が安全ではあるが、時間はT字形剃刀のほうがずっと早い。肌も荒れない。少々の血を見ることはあるが、化粧品が使えるだけ贅沢である。毛が薄くなってきたのを隠すためもあって、二日に一度が基本になったのは、五十歳過ぎてからだったか。

毛が薄くなった云々で思い出したが、男の毛髪は齢を重ねるごとに白くなるか薄くなるかである。それに合わせて髪型をしつらえる。対して、薄いか白いかよく分からないのが剃髪した頭である。たまに会った昔なじみに「変わらないねえ」と言われると、「そう、昔から髪型が変わらないから」と応える。

育った伊豆の田舎では、小中学校は坊主頭。高校も三年の夏休み以後に長髪が許された。その頃、父亡き後の寺の住職代務をしていたので、髪を伸ばす機会を失った。剃髪をもっとも長い期間しなかったのは、ずっと後の、小庵の先住職逝去の時である。臨済禅の寺の伝統では、とりあえず密葬をして、四十九日くらいに縁ある坊さんを招いて本葬を行う。この本葬までの期間、遺された弟子は髪も髭も剃らない。哀しみで身繕いするどころではないのだ。かくして四十九日間となれば、髪も髭もぼうぼう。その時に発見したのだが、自分の髪にはウエーブがかかり、髭にも癖があった。伸ばすとそれなりに愛着が湧くもののようだ。それから面白かったのは、本葬が終って髪も髭も剃ってからの話で、前は数日に一度程当っていた毛髪が、なかなか伸びない。二週間くらいたってそろそろ剃ろうかという感じで、次は十日、その次は一週間といった感じで伸び具合が早くなり、数日に一度手入れという通常に戻るのには時間を要した。つまり、剃るから伸びる、剃らなければ伸び率は落ちる。仙人の髭も伸び放題ではなく、ブレーキがかかっているのだ。

　いろいろ書いているうちに肝心なことを忘れるところだった。どうして髪を剃るのですかという質問も多い。手短に言えば、この世の煩悩、瑣事《さじ》に後ろ髪引かれぬようにということのようだ。では、剃ったら後ろ髪は引かれないか。私なりの答の一首。

　つるつるに頭を剃っておりますが僧の中身は誰も知らない　『即今』

トモマエ

六、七年前の話である。座っていたのは銀座のバーの止まり木、ではなく、鎌倉は鶴岡八幡宮前の中華料理店鎌倉飯店のカウンター。この店の間口は二間、奥行きは二間か二間半のスペースに、U字形にカウンターがしつらえられている。U字形の内側にいてママとか奥さんとか千代さんとか呼ばれてオーダーを受けるのは、この店の主人の夫人。主人はU字形の奥の厨房で料理作りに邁進する。ただし、夜になって常連が集まり始めると、マスターとかオヤジとか呼ばれる主人もいそいそとU字形の内側に現れ、一緒に飲むことが多い。「鎌倉飯店の夜は居酒屋である」と喝破したのは俳

人にして鎌倉文学館の館長もされた清水基吉先生で、石田比呂志さんは「奥から鼻ヒゲの男が現れて」と記す。この「鼻ヒゲの男」は、晩年の山崎方代に家をあてがい、死に水を取ったことで知られる。

私と鎌倉飯店の縁も、山崎方代から始まる。六、七年前のその夜もたぶん、方代に関する何かの話があってカウンターに座ったのだと思う。U字形の向い側の席にいるのは、初老の男一人。ゆったりと酒を飲みながら、間合いをはかっていたようだ。私たちの打ち合わせが終わると、声をかけて来た。内容の細かい記憶はないが、天気か何か、他愛ない話を糸口にしたのではないか。腰低く、丁寧な言葉を使う人だと思っていたら、「今日はトモマエですものねえ」と言ったので驚いた。「トモマエ」という言葉を口にする、これは何者かと思ったとき、カウンターの中から「あ、こちらはM寿司さんよ」とママが言う。M寿司といえば、鎌倉市内の葬儀社が通夜に使うお寿司を一手に引き受けているような、いわば大手の寿司屋である。それで「トモマエ」に得心がいった。

そもそも「トモマエ」とは何か。字を宛てれば「友前」即ち「友引の前の日」という、辞書には載っていないこの業界の隠語である。では友引とは何かと説明すると長くなるのではしょるが、つまりは中国から伝わった六曜、あるいは六輝という吉凶の占いから発したもので、結婚式や建物の落慶などの祝いごとは大安の日を選び、仏滅は避けるといった話は身近だろう。そして友引は「友を引く」という字面から、不幸に引き込まないために不祝儀の行事は避ける、つまり葬儀はしないという伝統がある。葬儀はしないから、火葬場も休みとなる。関西ではおかまい無しという話も聞き、横浜市では需要に追いつかないので友引でも火葬業務をするようになったと近年は聞くが、目下のところ首都圏の多くでは友引の日は火葬場はお休みで、したがって、私ども坊さんのお休みの日でもある。

研修会とか懇親会とか、坊さんが集まろうとするとき、第一候補になるのは友引の日である。一泊になる場合はその前夜から入る。それが「トモマエ」である。「トモマエですものねえ」は、〈今晩の通夜も明日の葬儀もない、休息日ですものねえ〉ということで、坊さんと、葬儀社出入りの寿司屋の主人ならではの会話なのである。

もうひとつ、これはさらに昔の、坊さん仲間十数人が集まった忘年会の話である。

場所は鎌倉市内の料理屋。その店は、さして広くはないのだが、玄関を入った廊下づたいの先に階段があって、二階に上がると小部屋が幾つかあるという作りになっている。その日ちょっと早めに着いた私は、階段を続いて上ってくる人に気付いて振り向き、どこかで見た人だと思って目礼をした。それで部屋に入って、さてあれは誰だったか気になり出した。考えても分からない。そうこうしているうちに仲間の一人が上って来て、「いやあ、階段でK葬儀社の社員とでっくわしたよ」と言う。それで氷解した。さっきの彼もK葬儀社の社員の一人だったのだ。となるとK葬儀社もこの店で忘年会かと、私たち仲間で話題になったところへ、やおら襖が開いて葬儀社の社長が現れ、「いつもお世話になっております。これは心ばかりの差し入れで」と、ビールケースを脇に挨拶するのだった。

今に思えば、あれも「トモマエ」だったようだ。

小庵の正月

山蔭の清水を祝ふ輪飾りは丹《に》の椿咲く枝にかかれり　　吉野秀雄『晴陰集』

小庵への石段を上りつめた右側に蹲《つくばい》が据えられ、清水を湛えている。それが「山蔭の清水」である。脇の横井戸から引かれている。水があれば水神様を祀るのか、正月には輪飾りが置かれるが、「丹の椿咲く枝」にかけられているのが面白い。無造作にかけられているのだろう。昭和二十九年の作。この当時の、なんとなくのんびりした山中の雰囲気が伝わる。

今はどのような正月か、日記風に。

一月一日　就寝は三時だったので、今朝は遅めに起きてまずは除夜の鐘のあと片付けと、山門の掲示板の書き換え。「正月や冥土の旅の一里塚……」などと世間様を揶揄するようなオソロしいことを書く度胸はないので、平穏に「頌春　専祈四海浪平国民和楽」。それから朝食には雑煮とお屠蘇。といって特別な用意はないから、つまりは清酒をいただく。一献が二献、二献が三献、まあお正月だからいいではないですかなどと独りごと言いつつ、実業団駅伝を見る。学生時代に箱根を走った見覚えのある顔に出会ってはあれこれ思うのだが、除夜の行事をつとめた寝不足から眠気に襲われ、うとうとの果て、結局はどこが勝ったのだかよく分からない。夕方近くに年賀状が届く。以前は二日の配達だったから、親切になったものだ。整理してファイルに入れる。それがそのまま住所録になる。

一月二日　ご本山や修行道場だと大般若のご祈禱という行事が三が日にあるが、先代以来当庵にはそうした伝統がないので、朝はいつもとかわらず。しかし、朝食に本日もお屠蘇、とはいかない。年賀に北鎌倉方面に行くのだが、途中で横切らなければばならない鶴岡八幡宮前には、交通規制がある。十時から車両通行止めなのだ。長男の車で出て、規制前に通過、まずは建長寺。ここの管長様にはいろいろご縁がある。それから円覚寺。こちらは小庵のご本山である。現管長に年賀の礼。大学生の長男は僧形でお供したお蔭でお年玉を頂戴して、ごきげん。これがお目当てのようではあるが。隠居した前の管長様にも年始の挨拶。正月早々にお叱りをいただくことはなかろうが、やはりいつもの如く緊張する。帰る時にはかなり遠回りになる。ラジオで箱根駅伝を聞く。昔は年賀のついでに国道一号まで車を走らせて直に応援したこともあるが、さすがにそんな元気は失せた。それより、居間で落ち着いてテレビ観戦。時間外のお屠蘇（?）を二献三献しつつ、箱根駅伝三昧。まあいいではないですか、お正月だもの。実のところ、正月は意外と客は少ないのだ。

一月三日　本日はお屠蘇なめつつ、箱根駅伝三昧。もっともこれは母校が先頭かそれ近くを走っている場合で、いつかの年のように中途脱落すると観戦中止。とにかく注目される位置にいないとテレビには映らないのが、この世界の宿命。映らなければ、いかにもつまらない。そんな時は庭に出る。落ち葉を焚く。こんなこともあろうかと、年末に残しておくのだ。無論、落ち葉焚きが最終目的ではない。芋を持って出る。何隠そう（隠すこともないが）、私は焼き芋の鉄人なのだ。まずは、ためておいた落ち葉の三分の一ほどを焚く。燃えつきた温かい灰の中に、アルミホイルに包んだ芋を並べる。それから、残りの落ち葉をかぶせて焚く。あまり焦らずにゆるりと焚いて、灰だけになってもそのまま三十分ほどは時間を置く。灰の熱さえ逃がさなければ、芋は芯までほかほかになる。焼けたかどうかは、周辺の匂いでおのずと分かる。このあたりが鉄人たる所以なのだ。かくて、焼き芋の仕事始め。

＊　＊　＊

小庵のお正月っていいねえと言われそうだが、これはとてもシアワセな年のことで、いつの年の大晦日だったたか、電話が鳴って、「オヤジが亡くなりました。すみませんが、四日の通夜、五日の葬儀でお願いいします」。こうなると、屠蘇を二献三献しても、晴れ晴れというわけにはいかない宿命があるのですよ。

来客のいろいろ

「そうですか、先代はお亡くなりですか」とさも残念そうに語るのは、ごま塩頭の、体軀がっしりした、しかし見知らぬ初老の男。「以前にお世話になっていろいろ聞いていただいたのは、たしかあの奥の部屋だったような」と言うが、先代はせっかちで訥弁《とつべん》、見知らぬ人を上げて丁寧な応対をするようなことは苦手だった。

ごま塩頭は続ける。

がんばりなさいと励ましてもらったのですが、その後に家内が亡くなり、自暴《やけ》になっていたんでしょうねえ。酒を飲んでいるところでからまれてかっとなって相手を刺して、刑務所暮らし。

おいおいオソろしい話ではないか。逆上すると何を始めるか分からないのか。そう言えば、眼の底には不気味な光が見えるような。

刑務所にいるときに娘が婚約したと聞いて、これで真人間になるんだと思ったんですが、ところが出てみると、娘の婚約者は交通事故で亡くなり、身ごもっていた娘は父親のない子を産んでいまして、娘のためにも真人間になって働かないといけないと思うんですけれど、この時代、なかなか働き口がなくて、そこで先代様を思い出して訪ねてまいりました次第。

聞きながら、嘆息。真人間になって働かなければと思う人を助けるのは、小庵の住持といえども宗教家としては義務のうちだろう。しかし、働き口がなくてと言われても、そう簡単に適当な仕事を斡旋できるものではない。「池袋のあたりに住んでおります」と言うから、とりあえず掃除にでも雇ってくれるような寺はないかと思いをめぐらしたが、さような親しい坊さん仲間はその周辺にいない。沈思黙考しばし。「いえ、もう話を聞いていただいただけでけっこうです」と、ごま塩頭は言い出した。しょんぼりした言い方が可哀想で、申し訳ないような気になった。役立たずだったがまあ仕方ないかと思い、それでも池袋までの帰り賃として千円を包んで渡した。それを押しいただくように受け取って帰る姿を見送りながら、「やられた」と思った。さきのしょんぼりした言い方とうらはらに、してやったりとにんまり笑う心中が、後ろ姿にはっきり見て取れたのだ。卑しい感じは、ぞっとするほどのものだった。

しかし、坊さん兼歌人もなかなか抜け目はなくて、これを題材に長歌を作った。ここでは誌面の都合で、反歌のみを引く。

詐欺師とはかようなるものと教わりぬ千円也の授業料払い　『足下』

かように、寺の玄関にはいろいろな人が見える。庭ともなるとさらにさまざまだ。小庵の鐘楼は、境内の隅の石段を五段ほど上ればそこに鐘があるといった、ちょっとした舞台の高さである。この〈ちょっとした舞台〉の高さがくせもので、近所の老女がここに上って面白可笑しく踊り、側の藤棚の椅子に憩う人に勝手な語りかけなどしたことがあった。むろん、気がふれているのである。けっこうその場を湧かせたりした後、ふと真顔になると、鐘を撞いてくれと近くの人に頼み、梵鐘の中に入る。無断で鐘を撞くのは禁止だが、相手が相手だから仕方ない。見て見ぬふり。胸から上くらいがすっぽりと梵鐘の中である。漫画のようだが、それで外から撞かれると中はどのような感覚なのか、経験はない。二つ三つ鳴ると老女は出てきて、「ああ、頭がすっきりした」と宣う。思うに、梵鐘が生む音波には人間の神経を癒すレベルのものがあり、ゆえに除夜の鐘などの機会があれば、人は撞きたいと願う。心神安らぐのである。梵鐘の中はまさに癒しの音波のエッセンスで、気のふれた老女の脳を束の間癒してくれたのだろう。

山中小庵、有難い客ばかりではないが、しかし、それなりにいろいろ教えてもらうことは多いのである。

暑さ寒さも

三月といえば、彼岸会。山中小庵にも善男善女が墓参にみえる。「暑さ寒さも彼岸までと言いますけれど……」は、挨拶の決まり文句である。

それにしても今年の冬は寒かった。暖かい時には十一月下旬から咲く水仙が、この冬は年を越しても開かないまま、一月十四日には雪に遭ってしまった。

瑞泉寺の和尚がくれし小遣いをたしかめおれば雪が降りくる

山崎方代『右左口《うばぐち》』

その雪たるや、こんな優雅（？）な話ではなかった。

一月十四日の朝、鎌倉市内のとある家元の初釜に、愚妻が出かけた。私が行くつもりだったが、お通夜が入ってしまったのだ。送り出して通夜の支度などしていると、出入り大工の若い衆が玄関で、「雪が降り始めました。シート敷きましょうか」と言う。見れば質の悪そうな雪だ。石畳へのシート敷きを頼む。石畳に積もった雪は踏まれると凍って始末に負えないが、シートを敷いておくとあとが楽だ。このシート、実は、ある行事の時に必要あってご本山円覚寺の仏殿に敷きつめられていたものを頂戴してきて、原価はゼロ。

シート敷きは任せて、当方は水仙の雪囲い。水仙は雪に弱い。今年の試みとして、傘を買い込んでおいた。立てた支柱に傘を結わえ、水仙にさしかけようというのだ。結わえるやわらかな針金も購入しておいた。作業にかかる。雪で指先はすぐに濡れて冷たい。水仙の高さに傘を置くので、腰をかがめる。腰痛持ちにはこたえる。かがむから鼻水も出る。風も出てなかなかはかどらない。がんばったけれど、結果は十数本。近くにあった底深のバケツをえいっとひっくり返し、これも雪囲いと水仙にかぶせて仕事終了。雪はなお降る。

一緒にお通夜に行く予定の弟弟子から、ノーマルタイヤなので迎えにいけないという電話。今日のような市内の斎場の場合、私を乗せて行ってくれるのだが、この雪では仕方ないか。そのうちに愚妻が帰り、タクシーの手配がつかず三キロほどを歩いてきたと言い、お通夜用に今から車の予約が必要だろうと言う。早速にタクシー会社に電話。が、出ない。車が走れないのか。となれば、次の頼りは葬儀社。電話して「なんとかしてくれるよなあ」と声低く言う。「導師が行かなければお通夜は始まらない。迎えは葬儀社の責任だろう」などと、声高には言わない。阿吽の呼吸。先方の困惑感は伝わるが、こちらも静かに必死だ。

しんしんと降り積もる雪を見ながら、通夜の身支度に入る。白衣に略儀の制服、白足袋に白い鼻緒の草履というのが普段のいでたちだが、雪の今日は別。通夜用道具一式を鞄に詰め込み、白衣にモンぺをはく。寒いので羽織を着る。これが黄色の着物に茶の羽織なら、水戸黄門様である。その上に雨コートを着て、靴は雪中用。『方代さんの歌をたずねて』の撮影で雪国にも行くので買ったドタ靴。何とも珍妙な格好だが、見栄も外聞もない。葬儀社の迎えの車が途中で立ち往生したら、そこまで一キロくらい歩いていかなければならないのだ。横須賀線運休などという速報をテレビで見ながら、なまじ市内でなければ行かずに済んだのになどと思うのは、やはり凡僧。六時からの通夜なのに迎えは四時半。時間どおりに迎えが来て、雪にまみれながら、なんとか出発。斎場に着いて待つうちに弟弟子も到着。北鎌倉円覚寺の中に住む彼は、どうにもならないから歩いて来たという。四キロほどか。かくて、お通夜。雪で参列者少なく、まあ落ち着いたお通夜。平素から付き合いが深く、性格もよく知る故人のことで、「あの親父のことだから一筋縄では行かないと思っていたが、雪まで降らせるとは」と思うけれど、法話では言わない。もっとも、円覚寺に帰る弟分は、「今夜のことは忘れないからな」と捨て台詞を吐いたそうな。笑いながらではあろうが、気分は分かる。

雪の多い地に住まう人には笑止千万でも、これが鎌倉の雪物語。そうそう水仙の雪囲いだが、風で傘がかなり飛ばされ、この試み、要検討のようで。

桜いろいろ

四月といえば、やはり桜か。

桜は盛りなのに上野公園にひと気がなく、みょうにがらーんとしていたのは、平成二十三年の春だった。その三週間ほど前に大震災、津波に原発事故が追い討ちをかけ、みんなが打ちのめされたような、重い重い気分でいた。あの不思議な静けさは忘れられない。

その三年前、私たちは同じ上野公園の桜の盛りを通り抜けた。私たち、というのは、昭和二十三年子年生まれの歌人仲間「ねむの会」の面々である。かれこれ十年ほど前から集まって、年に三回か四回、勉強会をしている。ほぼ二十人の仲間がいると、たいていは誰かの新刊歌集の批評会になる。それでもたまに穴があくと文学散歩で、鎌倉や、いわゆる谷根千を歩いた。そんな私たちは、平成二十年に還暦を迎えた。「これから齢を重ねると、健康のことなど制約されて、公明正大にとんカツは食べにくくなるだろう。ならば、還暦の祝いにみんなでとんカツを食べよう」という提案があって、四月の勉強会で盛大に祝い合う（？）ことになった。この回の幹事、案内人代表は池田はるみさん。本邦屈指のとんカツ通である。「とんカツは上野」という彼女の言葉に従い、その日はまずは鶯谷の子規庵を訪ね、谷中の五重塔跡に往時を偲び、上野公園を不忍池の方に抜けたのだった。谷中も上野も、桜の花も人の出もまっ盛り。花を見つつ、昼間からの花見の宴を横目で見つつ、しかし、人波の中で池田はるみさんの後ろ姿は見失わぬよう、かなり真剣に歩いた。そして、池之端の老舗に着いた一行は、サービスのキャベツのおかわりもして、しっかりと食べたのだ。鶯谷近くには知られた豆腐店があって、その側を通りながら「ええっ、ここじゃないのぉ」などと宣っていた女性群も、いざとんカツに向かっては無心のていであった。今生の思い出になったか、その後にまた食べる機会があったかどうかは聞かぬが、桜といえばとんカツが思い出されて、ひとりひそかに笑うのである。

わが小庵の桜の話である。鎌倉ばかりではなく、三浦半島一帯には山桜が多い。単に緑の山と見ていたら桜の花が突如としてもっこりあらわれ、風に乗って舞ってくる風情を楽しんでいる数日に花が終ると、また緑の山にもどる。とても奥ゆかしい感じがして、好きである。それと、先代が植えていったしだれ桜も大きくなった。茶室の入り口、庭の真ん中、奥の池泉の畔と書院の前の合計四本は、京都の桜守と呼ばれる佐野家から招来したもので、いずれも良い位置に植えられている。書院の前の一本は、室内に居ながらにして花見させてくれる。閉門後のほの明かりの中でひとり眺める贅沢には、酒も付く。ほろほろと花に酔い、酒に酔う。ある時、不意に風が吹いて、桜が渦巻きながら散っていくのに遇った。そして、その花の渦の中で女性が微笑むのを見た。それは、吹雪の中から雪女があらわれるのはこのようなものかと思わせる感じだった。本当に雪女に遇ったらコワいと思うのだろうが、桜は雪のように冷たくないから、コワいという感じはまったくなく、彼女は微笑みを絶やさぬまま、静かにゆるやかに舞い始めた。ほれぼれと見ていたのは、どれくらいの間だったか。今に思えば、彼女はいくらか影が薄かったようだが、そして誰かに似ていたようだが、思い出せない。女優の誰、初恋の彼女、グラスを合わせて互いに最後のブランデーを干して別れた彼女……、いきなり天の高みから声が降って来て、「ほら、寝てたら風邪引きますよ」と現実に戻したのは愚妻だから、彼女でないことは確かだが。

樹下の闇さくらおんなの舞を見し記憶たしかに今朝二日酔い　『月食』

この一首、佐佐木幸綱さんは若山牧水賞の選考評で引いて、「花見酒で飲み過ぎたのだろうか」と仰せだが、いや本当に桜女に遇ったのですよ。山中にはいろいろなことがあるのです。まあ、二日酔いも本当ですが。

嘘かまことか

あるとき、方代さんがふらりと拙宅にあらわれて云うことには、
「自分、この頃、何だか急にお金が入って来ちゃって、親たちの墓も造っちゃったし、歌碑も建ったし、もうそんなに酒も飲めないから、自分、何かのときにはいくらか、あんたにナニしようと思っているからさ」
「へ？」と虚をつかれて間の抜けた返事をしてしまったのだが、意味が分かってみると、別に当てにするわけではないが、へええ、そんなにも思ってくれていたのか、と何か申し訳のないような気はするし、それでも妙にほのぼのとしてもくるし、ありがとね、なんぞと固い握手などして、結構いい機嫌になるまで冷や酒を痛飲して、あとで何人かの共通の友人たちにその美談を得々と披露したところ、その誰もが一度や二度は、同じことを云われたことがあるのだと。

「口癖なのよ。近頃会う人ごとに云ってるみたい」

「方代研究」の創刊号の「壺のあたりは…」という、長谷川泰さんの文章の一節で、ちなみに長谷川さんは歯科医師。「別に当てにするわけではないが」は経済的にもさもありなんと思うし、「へええ、そんなにも思ってくれていたのか、と何か申し訳のないような気はするし」も分かる。そしてみごとな（？）どんでん返しだが、こういうことがいろいろあっても誰も騙されたと怒らないところが、山崎方代なのである。

方代の嘘のまことを聞くために秋の夜ながの燠が赤しも　『右左口《うばぐち》』

方代は「嘘のまこと」とうそぶくが、嘘を言ってはならないというのは、私ども憎侶たる者のもっとも基本的な戒律である。しかしまた、「嘘も方便」なる言葉もある。以下は、嘘かまことか方便か。

「もしもし」「わたくし□#△▽☆の□★※と申します。ご住職おられましたらお取り次ぎをお願いします』(□#△▽☆などという横文字はたいていはあやしい筋の勧誘と決まっている)。「取り次ぎは用件によりますが」「こういう不況の時代、より有利なご投資のご案内を」(ほれ来た)。「住職はつねづね、汗をかかずして都合良いことを願ってはならぬと仰せですから、お話の件はだめでしょう」。で、腹立てたようにガシャンと受話器が置かれる。「汗かかずして都合良いことを願ってはならぬ」とお説教したのだが、どうも分かってもらえぬらしい。

「**県から電話しております。たいへんにおいしい明太子のご案内です」「ほお、明太子。おいしいでしょうねえ」「はい、それはもう。よりすぐりを揃えて、格安のお値段で」「ありがとう。でも残念ながらこちらは寺で、戒律というものがあるのですよ。動物系やピーマンを食べてはいけないというような、ね」「はあそうですか、残念です」と、いかにも無念そうに電話が切られる。戒律はあることはあるが、まあ動物系のものだって食べている。だがとりあえず明太子は、痛風予備軍の私はコワいから食べないだけ。それを言っては面白くも可笑しくもないから、戒律のせいにする。ピーマンは、私は苦手なだけだが、まあ戒律ということにする。ユーモアのつもりだが、これもなかなか分かってもらえないようだ。

「ご主人様、ワンルームマンションのお勧めです。発展まっ盛りの九州に部屋をお求めいただいて、これを貸して利潤にしていただく」「ほお」「当社で賃貸の斡旋もいたします」「ほお、結構だね。金が殖えるわけだ」「はい、さようです」「ところがね君、もう金はこれ以上殖えても困るのだよ。金に埋まって身動きできんのだよ毎日ね、ははは」「………」。これはあきらかに嘘。いや、願望。

商品取引だのマンションだのと、寺はそんなに裕福なはずないだろう。という、これだけはまこと。

お経の話

墨染めの衣のすそをたくしあげ何とかかんとか唱えて廻る

山崎方代『こおろぎ』

「墨染めの衣」「唱えて廻る」というから、雲水の托鉢風景だろうか。建長寺、円覚寺の修行道場のある鎌倉では、折々見かける姿ではある。唱える文言は傍目にはわけがわからぬから、「何とかかんとか」ではあろうが、こう言われると、なんとなく可笑しい。

坊さん、というと、お経を読む人というイメージが強い。実際、お経を読むことでお布施をいただいて身過ぎ世過ぎしている場合が多く、山中小庵の住職と称している私とて、例外ではない。それで、坊さんはいつどのようにしてお経を覚えるかという話になるが、たぶんこれは、千差万別なのだと思う。かく言う私、実は、お経というものを習ったことがない。というのは、西伊豆の寺の三男坊は、門前の小僧ならぬ門内の小僧で、習わぬのになんとなく耳から入って、覚えてしまった。中学三年生になる春休みに住職である父親が身まかり、兄たちは遊学中だったから、高校を卒業するまでの四年間は、住職代務よろしく法要を勤めていたものだ。檀家さんというのは嬉しいもので、江戸の大関より地元の三段目、否、隣寺の高僧より自分の寺の坊ちゃんを大事にしてくれた。それもこれも有難いご縁……と書いて、待てよ、これは宗教雑誌ではなかった。

高校生の豪華な弁当の話である。

西伊豆の村では、年忌法要は夕方六時くらいから営まれるので、平日でも、学校をそこそこ早めに退いて帰れば間に合う。自宅のお仏壇に出向いて経を読み、終るとお斎《とき》の振る舞いになる。親戚一同集めての行事だから、それなりのご馳走がかなりの量で出され、持ち帰り用のビニール袋などが用意されている。坊さんの場合は世話役の女性が適当に包んでくれる。海辺だから、お刺し身は必ず付いた。持ち帰ると、母親が焼いて翌日のお弁当に入れてくれた。お刺し身というが、田舎風はなかなか立派な大きさで、まあ鮪の切り身である。時には、とんかつが付いた。これも翌日の弁当のおかず。覗きこんだ仲間が「おお、豪華！」と言ったものだ。応えて私曰く「オレはさあ、生活かけてお経読んでんだよ」。

お経を間違えたことはないかという問いへの答。

村には五軒の寺があった。四軒が臨済宗で、一軒が日蓮宗。慰霊祭といった村あげての法要となると、宗派入り交じっての読経となる。そういう場合、なんとか共通のお経を捜す。この組み合わせだと「観音経」が都合良い。日蓮宗の経典「法華経」全二十八章（正確には二十八品《ほん》というが、専門的に過ぎるので詳述はしない）の中の二十五章目であり、私たち臨済宗でも読む。さてそれで、法要が始まった。五人の僧が声を揃える。お経の途中からリフレインが多くなる。そもそもが、お経というのはお釈迦様の教えだが、最初は口承だったから、記憶しやすいようにリフレインが多くなったと言われる。しかし、これは危険も伴う。同じ文言を繰り返しているうちに、どこがどこだか分からなくなる。中の誰かが間違えると、違和感を覚えて一瞬、読経の声がとぎれる。その時も、とぎれた。そして、中の二人が別々のフレーズを唱えはじめた。ほかの三人は沈黙。私も三人の中の一人。結局、声の大きい方の人に合わせて再び声が揃い、儀式は終った。控え室に戻った五人、少々バツが悪そうに、いやあやっちゃったなあという感じ。そこで日蓮宗がトイレに立つ。と、残りの中の一人が笑いながらだが言った。「あれが間違えたんだよ。法華経だって二十五章目になれば、うろ覚えだろうよ」。当人にはむろん聞こえていない。帰って母親にその報告をしたら、「そういう時は決してトイレなどに行くじゃあないよ。あいつは若いからなんて、おまえのせいになるから」と言ったものだ。かなり真剣なもの言いだった。

お経の話は他にもいろいろあるが、本日は稚い時の思い出話にて、失礼。

せんだ、あいだ

ずっと昔の話だが、出入り商店の坊ちゃんの結婚披露宴に招かれた。祝宴は形どおりに進み、来賓の祝辞ではあまりしゃべり馴れていない感じの初老の男性が立ってまずは決まり文句のような言葉から始め、「本日は二人の門出をお祝いして」と言ったあと、「せんだみつお先生の詩がございます」と続けた。えええっと思った。「せんだみつおじゃなくて、あいだみつをじゃないの」である。あいだみつをは詩人だが、せんだみつおは早口でけたたましくしゃべって笑いを取るタレントで、まさに似て非なるものである。案の定、メモを見ながら読み上げられたのは、せんだみつお、ではな

くあいだみつを先生の詩だった。そして言うことには、「この、せんだみつお先生のお言葉をお二人へのはなむけとして……」。二度も間違えればこれはもはや勘違い、読み間違えではあるまい。私はかなり身構えて笑いをこらえた。しかし、同席の誰も笑わなかった。間違いに気がつかなかったか、はなから知らないことか、それとも紳士淑女のみなさん、私と同様に懸命に笑いをこらえたか。私は、笑いをこらえることと引き替えに、引かれたあいだみつを先生の詩を忘れてしまった。「つまづいたっていいじゃないか／にんげんだもの」だったろうか、それとも「あなたにめぐりあえてほんとうによかった／ひとりでもいい／こころからそういってくれるひとがあれば」あたりだったか、ともかく、このニアミスのせいで、あいだみつを先生のありがたい詩の中身は、ぶっとんだのだった。

あいだみつを先生の話である。

小庵の檀信徒洗面所には、「ひとりしずか」という、「あいだみつを作品集」なるトイレ用日めくりが掛かっている。十年ほど前、トイレ新装の記念に檀家さんに送ったものの名残である。日めくりだから、何年もしていると傷む。その都度新調して三代目である。

記念に配ってほどない頃、檀家のおばあさんが孫を連れてお参りにみえた。「和尚さん、いいものを送っていただいて。とてもいいから孫に暗唱させてるんですよ」と言う。そして孫に向かって「さあ、言ってごらん」。と、孫は大きな声で言った。「アレもコレも／ほしがるなよ／みつを」。なるほど、おもちゃ売り場やお菓子屋に連れていってもこれなら安心だと、おばあさんの教育の目論見には大いに感心した。

いつだったか、法事で人の出入りが多いとき、この日めくりが定位置から消えたことがあった。へんだなと思ったら、参列者の控え室の客殿とトイレを結ぶ廊下の隅の、電話が置かれている小さなテーブルの上に移動していた。洗面所で出会って、今日一日分だけでなく他の日のも読みたくなった誰かが持ち出したようだ。「**26日**　浄玻璃の／鏡のまえに／立つまでは／秘めておきたし／あのことも／このことも」というあたりで、家に持っていくことはやめたのだろうか。生前の行いのすべて——窃盗、不倫、殺生などの罪のすべて——を映すのが「浄玻璃の鏡」で、これを思うと悪いことができなくなりそうだから。

朝あさにめくるのは、私の仕事になっている（私が留守だとめくられていない）。楽しい仕事ではある。「4日　自己顕示／自己嫌悪／わたしの／こころの／うらおもて」「9日　この我執の強さ／そして／この気の弱さ／共に佛さまが／わたしに授けて／くれたもの」などはふむふむとうなずく。「10日　べんかいの／うまい人間／あやまりッ／ぷりの／いい人間」では、原稿の遅い会員に催促したときの応対の様が浮かぶ。「ひとつひとつ／かたづけて／ゆくんだね／具体的にね」というのは19日。これに出合うと、そろそろこの連載にかからなくてはと思う。せんだみつお、ではなくて、あいだみつを先生はありがたい。

「身から出たさびだなあ」とみつを言うまことしかれば咳ひとつする　『月食』

ちなみに、「だれうらむ／ことはない／身から出た／さびだなあ」は6日である。

時代性についての考察

この六月十四日の話である。ところは信州松本のホテル。フロント兼ロビーのフロアーに入ったとき、ああ今日はこのホテルで結婚式があるのだと思った。披露宴に出席するとおぼしき、正装した老夫婦が二組、ソファに座っていたからだ。思ったとほぼ同時に、ＢＧＭが聞こえた。なんだかなつかしい感じのする曲だった。〈アイネ・クライネ・ナハトムジーク〉ではないか、これは。ここではこういう音楽を流すのかと思い、どうして不思議になつかしい曲なのかと惑い、そうだこれは自分の携帯電話の着メロなのだと思い、そしてはっとした。結婚式場用のＢＧＭではなく、自分の携

帯電話に着信しているのではないか。慌ててバッグをひっくり返し、携帯電話を取り出す。「もしもし」「もしもし大下さん、シマダだけど」。

着メロが〈アイネ・クライネ・ナハトムジーク〉だと覚えていて、それが近くで鳴っていながら、どうして自分が呼び出されているとすぐに気がつかないのか。そもそも、携帯電話というのは自分が誰かに電話するため——例えば、旅の帰りで荷物が重いから山の麓まで迎えに来てくれとか、火葬場の待合室で四十九日納骨の打ち合わせに小庵の日程を確認するとか——のものであって、よそから電話がくることもあるのだという認識に欠けているのである。

旅先で電話を受けたことがないわけではない。愚妻から来るときは、百パーセント、檀家さんのご不幸。通夜と葬儀の日程はともかく、まずは一報である。それ以外にほんの二、三は記憶にある。「大下さん、今度オレ牧水賞を貰ってね」「おお、おめでとう」「それで、誰かに授賞式用のしおりにお祝いのメッセージを書いてほしいって言うんだけど、書いてくれる?」「おお、分かった。来年は自分が貰うつもりだがとでも書くか、ははは」というやりとりの場所は松江で、相手は、島田修三君。言霊はあって、その翌年に私が牧水賞を貰った。平成十六年九月、窪田章一郎の母の生家である松本の造り酒屋見学中に着メロがなり、「島田修二さんが亡くなられたと電話がありました」。

松本の平《たい》埋《ら》むる蕎麦の花そよがせ風が君の訃を告ぐ　『即今』

訃報は、風ではなく本当は携帯電話が教えてくれたのだった。携帯電話とシマダの因果関係はとりあえずなさそうだけれど、思い出が二、三というのは、それ以外にはないということでもある。

ケータイどころか、この頃は右を見ても左を向いても、人はスマホに向かっている。何の必要なのか、タブレットとかいう大きいもので何やらしている人も、あちらこちらで見かける。みんな機器のとりこになって、大事なものを忘れているような気がする。自慢げに言うと、当方は原稿を打つのにパソコンではなくいまだワープロである。文章を書き、プリントするだけならこのほうが実際に重宝である。ちなみに、これで一生いこうと思って、ストック二台を保持している。

時代に外れているかと思うと、時代がこちらに寄ってくることもある。そのひとつが作務衣《さむえ》。甚平のスーツ仕立てのようなあれである。そちらこちらで広告を見る。作務というのは禅寺での農作業や薪作りなどの勤労作業のことで、その折に着るから作務衣。つまりは作業服である。作業服だからあらたまったところで着るのは本来ははばかられるのだが、作業に合うようにゆったりと作られているから着心地が良く、いつの間にか一般社会でも受け入れられ、ファッション性さえ帯びてきた。私どもも、ファッションとしてどこにでも着ていけるようになった。便利で有難い。

陶芸家や板前さんが作務衣を着用しているのはしばしば見かけるが、あれはいつどこでのことだったたか、旅先で聞かれた。「そのお姿だと坊さんのように見えますが、本業はなんですか」。答えて曰く「庭の管理人のようなことをしています」。これもあながち嘘ではなく、返事を聞いた人も納得の顔をしていた。

いろいろのいろいろ

「日々のいろいろ」というけれど、日々は日によっていろいろ違い、いろいろなことが起きては次のいろいろになる。では、どんないろいろが起きて、どうなっていくのか、その具体的な数日の話である。

七月といえば、山中小庵は初旬に吉野秀雄艸心忌《そうしんき》を終え、七月お盆になる。お盆なる行事は、地域によって日取りも違えば、行事の内容もいろいろである。小庵の檀家さんには地域性がないので、七月にお参りの方もあれば、八月盆だというお宅もある。どちらかと聞かれれば、どちらでもよろしいと答え、地域での細かい習慣について問われれば、心こめてご自身が納得できるようになさいと言う。まあそんな前置きで、七月お盆頃の「日々のいろいろ」。九月号にお盆でもなかろうが、お彼岸でもまあ寺はこんなものではあるので。

7月10日（水） 朝の仕事は、桔梗の枯れた花弁の摘み取り。11時～J家一周忌法要。平日で坊さんの手伝いを頼んでいないので、大学生の息子が一緒に読経。声量声調などはいささか頼りないが、誰だって最初からうまくは読めない。我慢の親ばか。ご本山の教化機関誌「円覚」の原稿書き。これは秋ひがん号。二ページ分のお説教。書き終って「禅文化」原稿。「睡猫庵歌話」と題する連載は第三回で、窪田空穂、吉野秀雄に続いて山崎方代。禅と短歌の架橋のような世界を書いている。そんなこんなの夜に、北鎌倉のS和尚が亡くなったという連絡が入る。飲み仲間、喧嘩仲間で、体調すぐれぬことは知っていたが、六十九歳は若い。

7月11日（木） 朝のうち、仕事に入っている植木屋がいろいろ聞いてくるので、あれとこれは切れ、それとこれは残せ。君のセンスを信じてるから……。本日11時半にS和尚の枕経《まくらぎょう》の由。愚妻が所用重なって出かけるので欠礼して留守番。二人で寺をあけて出ることはできない、ああカタツムリ家族。方代忌案内葉書が届いて、息子と宛て名ラベル貼り。「まひる野」10月号古典特集「西行を読む」につき、鑑賞する作品の選考を柳宣宏君に依頼。同号では二冊の歌集批評もするので、評者の希望を作者に問い合わせの手紙。別に評論二編の原稿依頼。短歌関係のことばかりいろいろして余裕ありそうだが、合間にお墓参りのご挨拶にみえる。というより、お墓参りの方とのご挨拶の合間に短歌関係の仕事をする。お参りの方とはいろいろ世間話もする。近況も聞く。「私も先が長くないので、その時はよろしくお願いします」「まあ、気候の良い時を選んで」。お参りの方が減った夕刻に、卒塔婆書き。

7月12日（金） 朝のうちに植木屋の仕事点検。お参りが断続的に多いので、もっぱら玄関対応。「暑いからまああんまりがんばらないでいきましょう」などと笑って、お線香を渡して玄関に送る。卒塔婆書き。卒塔婆を立てる習慣は地域により行事によりいろいろで、お参りの時の要望によって書いて陰ながら読経、供養し、数日後に立てるのが小庵の流儀。慌ただしい一日が終り、夕刻六時からS和尚の通夜。とりあえず駆けつけた坊さん仲間がほぼ五十人。焼香参列の一般の方はどれほどか。とにかく多いのは人徳。

7月13日（土） 植木屋に指図し終えて、S和尚の密葬。坊さんは後日にあらためてお葬儀をするので、あくまで密葬。お別れで棺の中の人に花を手向ける。死因は肺気腫と聞けば誰もが喫煙を思うが、当人は喫煙歴なし。さぞ不本意で、肝硬変なら本望のたいへんな酒豪だったから、私は、棺に酒の甕《かめ》の蓋紙を入れた。入れながら見たら、和尚がかそかに笑った。お見送りして帰って、接客、卒塔婆書き、まひる野編集関係三件ほど発信。みょうにクタびれて早々に休む。

7月14日（日） 起きたら腰痛。おいおい、お盆の真っただ中だぞ。で、突然だが、誌面が尽きたので今回はここまで。あまり面白くなかったと思うけれど、坊さんがまじめに働くと、面白くはないはずなのです。


卒塔婆の百本ばかり書き終えて墨の香まとい清僧にあり　『月食』

声の話

「声って年齢が出ますよねえ。電話で聞いて、年寄りか若い人かって分かりますものねえ」「ええ、そうです、年取ると声帯の水分が失われて、しわしわになる。それで、がんばって発声しても若い時のような声にはならない」「たまに会った友人の声が嗄れていておおっと思うことがありますし、こう話していて、自分の声がかすれているようだという自覚があります」「いやいや住職、さっきの読経の声の張りはすばらしい。さすが鍛えたものだと感心しましたよ、まあ会話の発声とは違うわけではありますがね」「いやいや、はは あ」と笑いながら、次第に機嫌が良くなっていくのが

自分で分かって、可笑しかった。この業界の草分けといわれるボイストレーナーの権威から、「さすが鍛えた」と言われれば、嬉しくなかろうはずはない。

満六十五歳になるちょっと前、介護保険の案内と鎌倉市福寿手帳が届いた。手帳を持つと国宝館と文学館の入場は無料とある。それは良いが、ぱらぱらめくりながら拾い読みしていたら、「紙オムツの配布」という項が出てきたので、先を読むのはやめた。そしてほどなく、中学校の同窓会のお知らせが届いた。「私たちも前期高齢者の仲間入りです。この機会に……」とある。高齢者入りをいやおうなく自覚させられたのだが、自覚させられるまでもなく、この一年ほど、声が嗄れ始めているという感覚があった。それで先の会話になり、「さすが鍛えた」とお墨付きをいただいて、嬉しくなかろうはずはないという話になるのである。

声の話である。

住職だった父が早く亡くなったので、中学生の頃から住職代行でお経を読んでいたという話は、前に書いた。並行して、応援団長という時期があった。応援団といって、地区の学校対抗の球技大会、陸上競技大会の際に組織されるのだが、大会前の放課後には全校生徒を集めて練習をした。選手を差し引いて二百人以上にはなる。ことに熱心だった教頭先生は、恰幅がよく不思議な落ち着きを湛えて威風堂々、丸刈りの頭が異形だが、実は隣村の寺の住職も兼ねておられ、それもあって、私には目をかけて下さったように思う。

陸上競技大会のしばらく前に、全校の記録会があった。たまたま一緒に百メートルを走ったのが全校一の韋駄天だったので、記録係もつられて早くストップウオッチを押してしまったようで、私もそれなりの成績だった。それで、補欠要員だが、メンバーに入って練習することとなった。そんな経緯で放課後にグラウンドを走っていたら、教頭先生に手招きされた。「何をやっているのかね」「陸上競技会に向けて練習するよう、体育の先生から言われました」「ほお。だが、お前がいなくても大したことないだろう」「はい、そう思います」「体育の先生には言っておく。お前は応援団長をやるのだから」「………」。

「オール・メンバー」「おおっ」「ダメ！　声が小さい。やりなおし。……オール・メンバー」「おおっ」「選手のために拍手を送る」「おおっ」「いちびょおぉーし」「おおっ」……「応援歌第二……やめぇ！なんだその声は、そんな声で選手に届くと思うか！　気合い入れてやりなおぉし！」なんぞという調子で、けっこう真剣に怒鳴って声張り上げた応援団長は、帰った夕方に檀家さんの法要をつとめることもあった。ここでけっこう喉が鍛えられたように思う。むろん、後年の道場での修行の力がもっと大きいが。

道場が出たついでに、語り口の話。

間を置いて歯切れよく話す習慣は、修行道場で身についた。道場というより、朝比奈宗源という道場主、管長の側に仕えたことが大きい。高齢で耳が遠くなっておられたので、こんな感じになる。「補聴器のぉ、調子はぁ、どうでしょう」「おお、今度のはよく聞こえるような気がするぞよ」「はい、では、悪口は、もう言えないですね」「……」。

鎌倉の佳き寺といえば瑞泉寺百花に涼風住持声良し　『草鞋』

飲む、打つ、買う

「飲む、打つ、買う＝大酒を飲む、ばくちを打つ、女を買う。男の代表的な放蕩とされるもの」と辞書にはある。

【飲む】「大酒を」というほどではないが、まあ飲む。そこそこお付き合いはする。檀家さんとのお付き合いは大事で、飲めない和尚は苦労だろうと思う。一人で居酒屋などで飲むことはないが、人を案内して行く店は何軒かある。中で、鎌倉は鶴岡八幡宮前の鎌倉飯店は別格で、ご存知のようにこの中華料理屋の主が山崎方代の艸庵《そうあん》の家主だったこともあり、方代歿後に「方代研究」や方代忌の相談ごとなどを含め、折々に足を運んだ。そこで生まれた付き合いも少なくない。クリーニング屋、設計士、アパレル関係、建設業といった、方代忌の裏方の面々と重なるのである。店主が患い、鎌倉飯店は閉じた。そこに集っていた人たちはその後どこで飲んでいるのか、知らない。バーなどの椅子を「止まり木」と呼ぶが、今の私は止まり木を失った鳥である。

越後湯沢の知り合いの寺の手伝いに行って、翌朝に目を覚ましたのが隣の寺だったというのはどこかに書いたが、酔色が顔に出ないたちなので、酔っているかどうか分からないのが困ると、よく言われる。自分でも時どきそう思う。数珠が届いて、「あの時にそう仰ったじゃないですか」と業者から言われたという話もどこかに書いたはずだ。たまたま縁あって相撲の某親方のお通夜に行き、お振舞の席で酒を勧められ、「強そうですねえ。かなりいけるでしょう」と言われた時は、コワかった。相撲部屋というのは、住んでいる人が大きいのは当たり前だが、とにかく何でもが大きくて、さかずきに見えるのは湯飲み茶碗で、一升びんくらいの徳利から注いでくれる。そこで「いけます」なんぞと言ったらどうなるか。「飲む」といっても、小庵の住職はまあそんな程度である。

【打つ】映画で見るような賭場やカジノに行ったことは無論ない。が、賭け事は必ずしも嫌いではなくて、学生時代はけっこうパチンコにはまっていた。麻雀は縁遠かったが、寮では徹夜でポーカーをしていた時期がある。それやこれやで分かったのは、自分には博才がないということである。勝てないと分かっているから勝負ごとにのめり込まない。悟りといえば悟りで、身を滅ぼさぬためにはなんでも若いうちに経験しておけというのは、こういうことなのだろうか。

ともかく賭け事には弱い。福引のガラガラポン（正式名称は新井式回転抽籤器というのだそうな）で、当たったことがない。十数本試みてすべて外れという経験が、何度もある。昨年の暮れのことだが、駅前のスーパーでちょっとした買い物をしたら、三十本ほど、新井式回転抽籤器に挑むことができるという。そこで、待てよと思った。三十本全部外れでは哀れだから、これは愚妻に任せようと考え、家に帰った。その夕方、勇んで出かけた愚妻は、しょんぼりと帰ってきた。すべて外れだったというのだ。こちらも勝手ながら少々がっかりしたのだが、私ども夫婦はお互いクジ運が弱いようだ。と言いながら、そんなことはない、結婚という人生の賭けでは私に当たって愚妻には最高の結果だったではないかと、私は思い、愚妻も逆のことをひそかに思っているようなのだ。

【買う】「女を買う」というが、若かりし頃、坊さん一行で旅に出かけたとき、仲間の一人が、「出がけに女房に、家にあるものは買わないで下さいと言われた」と言うのでみんなで笑った。「家にあるものは買わない」はけだし至言であろう。次のような歌で我慢しておくか。

この夜の観音さまは女体にて鼻の先よりまさぐり始む　　山崎方代『方代』

以上、発展性に乏しい「飲む、打つ、買う」だが、ちなみに仏教辞典の類にこの言葉はない。

小庵流除夜の鐘

除夜の鐘撞き終え音立て蕎麦すする僧形この身も寒さは寒し　『月食』

「坊さんが除夜の鐘を撞くのはテレビなどの映像で知っているけれど、撞き終った後のこういうことは初めて聞く。面白い」と言って下さったのは、高野公彦さん。若山牧水賞の授賞式での講評の一節である。なるほどそうかと思って、今回は除夜の鐘の話。

十二月三十一日は、あちらこちらと掃除を終え、夕刻に除夜の鐘の支度。書院からコードを引いて、境内の端の鐘楼を中心に、休憩所を兼ねた藤棚などに四つほど電灯を点す。「整列」「禁煙」「しずかに」といった札を何か所かに貼る。あとは、「鐘に向かって合掌一礼。願いをこめて撞く。余韻を聴く。鐘に向かって合掌一礼」という作法指南のようなものを鐘楼に貼って、無作法者が勝手に撞き始めないように橦木《しゅもく》に封をし、午後五時にいったん閉門。夕食。この時はざる蕎麦を食べる。

やがてテレビでは紅白歌合戦が始まるが、前半部は何やらけたたましくうるさいので、机周辺の片付けなどして過ごす。整理していると、一年間の未処理の仕事が出て来たりするが、もう遅い。今年も数時間しかないのだ。「歳月には常にあきらめが同居する」と言ったのは誰だったか。歌合戦が後半に入ったあたりで見始める。演歌の昔かわらぬ声と曲を安心して聴く。嗚呼、加齢性懐古安心症候群。

十一時に鐘楼に点灯して門を開ける。人がもう待っている時と、そうでない時がある。待っていれば、鐘楼の前に招き、ここで整列して待つように指示する。かくするうちに紅白歌合戦もフィナーレ。おもむろに法衣に着替えて鐘楼に向う。さすがにこの時間ともなれば、かなりの人が並んでいる。多少の話し声は聞えるが、なんとなく厳粛な雰囲気である。「衆生《しゅじょう》無辺《むへん》誓願《せいがん》度《ど》」と唱えて、まずは住職が第一声。経を誦しつつ五つほど撞き、最初の人にリレーする。それから住職は仏殿に行き、除夜・新年の経を読む。除夜・新年の経といって、山中小庵の伝統としては特別な儀式はないのだが、国家の平和と国民の安寧を祈願し、あとは普段のお勤めの経となる。仏殿正面の開いている戸の間からお賽銭が投じられる音が折々するが、心を動かされてはならぬ。次に外に出て、墓所の一隅にある歴代住職のお墓に読経。その間も、衆生の手で除夜の鐘は粛々と撞かれる。

除夜の鐘は煩悩の数の百八を撞くというのはご存知で、煩悩の数はとても百八どころではないと仰せになる方もおられるが、あれは百八ではなく、百八種類というのが正しい。つまり、際限のない煩悩を抱えているのが人間という生き物なのである。で、小庵の除夜は、百八という数は数えない。というか、本当は、この山の中まで遥々と来たのに、あなたは百九番目だから撞けませんではあまりに可哀想だから、とにかく来て並んだら一時半までは撞けるのが小庵流である。

零時から撞き始めて、一時を過ぎるとさすがに列は短くなり、閉門の頃には人影はまばらである。いつだったか、そろそろ閉門という頃合いに、老夫婦とおぼしき二人が鐘楼近くの藤棚の椅子に座って、持参のポットでお茶を飲んでいた。よく見ると、かたわらに破魔矢が置かれているではないか。ということは、このお二人は近くの神社で初詣をしてから小庵に至り、鐘を撞いたようだ。道順としては、例えば鎌倉駅からだと、鶴岡八幡宮とか鎌倉宮をたどったあとに山中小庵はある。ならば、先に初詣をすることになるか。しかし、除夜の鐘を撞いてから初詣というのが正しい順ではないか。よくよく考えると問題ありだが、まあいささかほほえましいので、深くは問わないことにした。

「願わくはこの鐘声法界《しょうせいほっかい》を越え……聞人清浄《もんじんしょうじょう》にして円通《えんづう》を生じ、一切衆生正《いっさいしゅじょうしょう》覚《がく》を成《じょう》ぜんことを」と願文を唱え、しめくくる。この時間になると、寒い。居間に帰って冒頭の「蕎麦すする」となる。ここではかけ蕎麦である。三時頃就寝。

存在についての考察

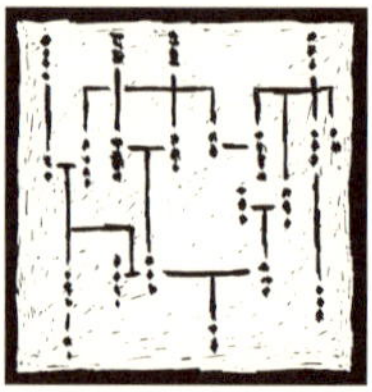

正月である。正月にはいろいろな行事があるようだが、名門の某家では元旦に昔ながらの家臣団が集まって、当主に祝賀の挨拶を述べる。続いて、「されば今年はいかがいたしましょう」と問う。再び天下を奪取するための兵を今年は挙げるや否やと質すのである。天下取りの挙兵などと、今はそんな時代ではない。当主は鷹揚に、「今はその時にあらず」とかなんとか答えると、一同はうなずき、酒宴に移るのだと聞いた。

お殿様や家臣団にとって、血筋は誇りだろうか、煩わしいことだろうか。血筋定かならざる私などには分からないが、今回は血筋という話である。

血筋定かならざると言ったが、名乗っている「大下」の姓のルーツは信州伊那谷高遠で、三代続きの出家、二代続きの養子だから、親戚付き合いはほとんどない。生家の姓は「長島」で、天草長島から祖父が出たと聞いてきた。これも三代続きの出家で、島とはまったく縁がない。なのに、以前から長島を訪ねてみたいと思っていた。言うところのルーツ探しである。一葉の写真でしか私は知らぬ祖父が、長島を出て静岡県富士市に亡くなり、代替わりしてもう孫に当たるのは私一人になってしまったこと、おいおい自分もクタびれて来て、今のうちに行かないと見果てぬ夢になりそうだという思いが強くなっていた。それやこれやで、写真集『方代さんの歌をたずねて』のスタッフ湯川晃敏さん、平井ひろみ嬢に相談して、おぜん立て、同行してもらって出かけたのが、十一月の十四日だった。

早朝に羽田を発って鹿児島に着き、川内までバス。レンタカーを借りて海岸を北上し、阿久根から黒之瀬戸大橋を渡ると、長島である。橋下の黒之瀬戸は日本三大急潮のひとつだそうで、碧い流れを湛えていた。右手に丘陵、左手に島々の点在する海を眺めながら、とりあえず目指すは長島町歴史民俗資料館。わが姓長島氏は長島を治めていたと、実は多少の予習はしていた。長島氏はどのような系譜か。領主とあれば墓もあろうし、末裔が残っていれば、つまりはわれも一族であるはずだ。高台の歴史民俗資料館に着いて、縄文、弥生も古墳時代も飛ばし、鎌倉・室町時代のあたりの展示を見る。天草氏の一族が長島を統治して長島氏を名乗ったが、天文二十三（一五五四）年に肥後の相良氏に敗れた当主鎮真が薩摩に逃れて、長島氏は終ったとある。むむむっっ、もう長島家はないのか。資料館の職員の婦人に詳細な資料はないかと問うと、よく分かる者が明日はおりますと言う。ならば明日また訪うことにして、これぞ長島らしい所など聞き、車に乗る。かつての長島氏の拠点堂崎城の崩えた石段を踏み、行人岳、針尾公園から天草の島々を俯瞰し、薄井漁港に潮と魚の香をかぎ、ふたたび資料館の近くに帰る。ここに今夜の宿があるのだ。魚料理を満喫して、休む。

十一月十五日の九時に資料館を訪う。博学山崎先生に長島のこと、長島氏のことをうかがう。「長島に長島氏はおりません」と言う。となると、明治の時代に苗字の使用を許された平民の祖父が長島氏を名乗ったか。「江戸時代は薩摩領でしたから、ここの住人は薩摩弁でした」と言うから、わが祖父は薩摩弁で育ったかと秘密を知ったような気にもなった。

かくて、長島で長島氏先祖代々の墓所に出合ってお墓参りでもできたらなどという淡い期待は、期待で終った。劇的な写真を狙っていた湯川さんは落胆気味。「されば今年はいかがいたしましょう」と問う者でもなければ、「今はその時にあらず」と答える立場でもなさそうだと分かって、天草長島を去ることにした。

帰路にまた黒之瀬戸大橋を渡りながら、橋のなき時代のこの急潮を、祖父はどういう思いで渡ったかと思い、写真でしか知らぬ祖父の生まれた地をはるばると訪わせたものは何なのか、そしてそれに応じた自分は何者なのかとも思った。かくて、「存在についての考察」という題名の、羊頭狗肉の一首。

写真にて顔知るのみの祖父生れし地を訪ね来てわれは何者

飲む、打つ、買う・PARTⅡ

「飲む、打つ、買う」という話は、以前にもした。ある女性から、もっと面白いのかと思っていたと言われた。そりゃそうで、坊さんの「飲む、打つ、買う」はたかが知れている。しかし、こりずにPARTⅡ。

【飲む】「飲む」は薬。四週間に一度ほど医院に行き、血圧を測り、薬をいただく。数回に一回は採血をする。心電図もとる。いただいた薬は、まじめに飲んでいる。どういう薬かといって、横文字に弱い私は薬の名を記憶できない。「おくすり手帳」を覗くと、高脂血症治療薬、血圧降下剤、糖尿病治療薬、痛風治療薬といった言葉が躍る。

薬は、朝昼夜と飲む薬、朝だけ、夜だけ、朝と夜飲む薬といろいろあって、ややこしい。家にいる限りは朝は判で押したような時間に食事をして、判で押したように薬も飲む。問題は夜である。外食すると忘れがちになるのも困るが、家にいても、酒が入ると、食事中と食後の区別が分からなくなる。薬を飲むタイミングを逸するのである。血圧降下剤をウイスキーのロックで飲むという人のことを聞いたが、そんなコワいことはとてもできない。タイミングもあるが、酔いが深まると、薬を飲んだのか飲んでいないのか、記憶が飛んでしまう。それで、とりあえず自分の席の左側に薬の袋を置く。これで夕食は終りと思ったら、沢庵の一切れでも食べてからおもむろに薬を飲む。飲んだら妻に向かって、「飲んだぞ」と言う。妻が「飲みました」と復唱し、薬の袋を右に移し、儀式は終る。酔って居眠りなんぞして覚め、さて薬はどうだったたか。袋は左にある。「おい、飲んだって言ったか」「いえ、まだです」。六十歳過ぎると妻は記憶のパートナーである。

薬を飲むのは、つまりは酒を飲むからだが、酒を飲むと薬を忘れるのは困ったことだと思う。

【打つ】　この場合の「打つ」は鍼。正確には「打たれる」「打ってもらう」だろうか。

若き日、修行中に、腰を傷めた。坐禅道場だから、坐禅をする。朝晩どころか、厳しい修行期間に入ると昼も坐る。十二月に入ると、八日までの一週間、夜も寝ないで坐る。そんなことできるかというが、眠くなればどんなにがんばっても、眠ってしまう。むろん坐禅のままである。で、眠れば、警策《けいさく》という棒で背中を打って覚ましてくれるから有難い。けれど、この修行、腰の負担は大きい。腰痛持ちはことさら辛い。腰痛治療に、いろいろなところに行った。それやこれやでようやくたどり着いたのが新宿のスポーツマッサージ療院で、修行中は時間があれば新宿まで通った。その続きで今でもその系統の治療を受け、鍼の治療も受ける。けっこう気をつけているつもりだが、油断あるいは過信で、時折腰痛に見舞われる。治癒には鍼がとにかく速いから有難い。

昨秋、下妻に長塚節の生家を案内してもらった折、「鍼の如く、鍼の如く」と、私は呪文のように唱えていたのだった。

【買う】「買う」と言えば「女を買う」で、若かりし頃、坊さん一行で旅に出かけたとき、仲間の一人が、「出がけに女房に、家にあるものは買わないで下さいと言われた」と言う話を披露したが、今回の「買う」はサプリメント。「飲む」は薬だと書いたが、薬には、医師から「いただく」「貰う」という感じがある。受動的である。対してサプリメントは、自己の意思によって「買う」のである。では具体的には何かというと、ひとつはウコン。やっぱり肝臓関連である。山崎方代のことあれこれで山梨によく出かけた頃に見つけ、今は取り寄せで粉末を飲んでいる。変わらず酒を飲めるのは、このおかげだと思っている。

そしてもうひとつは……と書いて、「ヒ・ミ・ツ」ということにしておこう。言えば、ああ、あれですね、あれに効果があるのですねえという話になるのだが、ちょっと恥ずかしい。山崎方代の歌を借りよう。別に暗くはないとおもうが……。

地上より消えゆくときも人間は暗き秘密を一つ持つべし　　山崎方代『方代』

文明の利器

白菊の咲き極まれり静かにもみなぎるものの人狎《な》れしめぬ　　窪田空穂『明闇』

十数年前の昔、インターネットのオークションにのめりこんでいた。対象はもっぱら禅僧の墨跡だが、面白い経験もあった。無造作に「古い軸」と解説された出品物はどう見ても窪田空穂の書体で、書かれている短歌も空穂のものと確認できた。冒頭の作品である。早速に競りに挑戦し、掘り出し物値段で落札できた。出す方も本当の価値は知らなかったようだ。友人島田修三君の歌集というのもあった。金に糸目をつけず高額で落としてやろうと思ったのだが、競る相手がないまま安く落札してしまった。なぜか島田君に申し訳ない気分だった。

坊さんというと、伝統墨守、古色蒼然、時代錯誤などのイメージがつきまとう。髪を剃って、昔から変わらぬ形の法衣をまとい、これまた昔から変わらぬらしいお経を読む。変わらぬらしいといって、何を声に出しているのか少しも分からないから、たまたま親しくなった和尚に聞いたたら、あれは漢文を棒読みにしているのだと言う。漢文どころか、インドの古代語サンスクリット語をそのまま読んでいるのもあると言う。なるほど珍文漢文、ちんぷんかんぷんのはずだと納得したと、知人が言っていた。思えば、ちんぷんかんぷんのお経を間にはさんでの坊さんと善男善女の関係も、伝統墨守、古色蒼然である。

ところが、実は、坊さんはけっこう新し物好き、機械好きなのである。文明開化の御世、お灯明を点けるのに坊さんはいちはやくマッチを使ったと、何かで読んだことがある。平成の世でも、性格は変わらないようだ。機械好きといえば、車に凝っているのはごく普通で、夜な夜なバイクを乗り回すという噂の和尚もいる。謹厳実直、如法綿密、境内に塵ひとつ落ちていない掃除好きが、夜になるとハーレーダビッドソンに乗って疾駆するのだというから可笑しい。

機械好きは当然ながらOA機器やインターネットの先端につながる。坊さんが集まると、スマホがどうのツイッターがどうのという話が折にふれ飛び交う。ご本山の寺務所では各自の机上にパソコンが置かれて、これを使えないと文字どおり「使えない人間」とみなされるのは、世間と変わらない。この業界の通販カタログを開くと、出納帳、所轄庁提出書類作成機能、過去帳などの機能を持ったパソコンソフトも載せられている。近頃の機能では卒塔婆の印刷までできるのだと言う。「やはり卒塔婆は手書きでないと誠実さが問われるので、自筆でいきましょうと研修会で話し合いました」という報告を聞いて笑った。

オークションには際限がないと気付いてすぱっとやめ、やめたらパソコンとも縁遠くなり、文字を打つのもワープロに戻ってしまった。ワープロの製造はしないと聞いてから購入して、目下のストックは三台。フロッピーディスクもインクもたっぷり保存してある。この原稿もワープロで打っている。原稿を打ち保存するだけなら、こちらが便利極まりない。

ごく最近だが、いうところのガラケーからスマホに転身した。電話機能以外はあまり使わないのでこのままでもいいかと思っていたが、春には長男が家を離れるので、替えるとすればこの時しかなかったのだ。電話機能以外はあまり使わないと言ったが、スマホに替わればインターネット機能も使い、時にはメールもする。便利さを、実は堪能しているのである。

文明の利器と言えば、インターネットやOA機器を想起する。しかし、それだけか。私が恩恵にあずかる文明の利器と言えば、筆ペンが第一。いろいろなメーカーがさまざまな工夫を凝らし、筆先、持ち具合に加えて朱筆あり不祝儀用の薄墨ありで、バージョンも広がった。指先、手首が疲れないので、宛て名書きはもっぱら筆ペンである。小誌「まひる野」の原稿依頼も墨書で届く。見ただけですぐ分かるのでぞっとするという仲間と、気合いが入ると言ってくれる人がある。

道場入門

四月は、私ども臨済宗では道場入門の時期である。臨済宗の禅僧たらんと志す者は、「専門道場」と看板の掛けられている全国に三十余ほどある寺のいずれかに入門し、師家《しけ》と呼ばれる指導者のもとで坐禅を中心とした修行を積む。細かな由緒や経緯は省くが、入門の時期は春ならば四月、秋ならば十月の初旬あたりと定められている。前回、坊さんは意外と機械好き、新し物好きと書いたが、今回はそれとまったく別世界の、古色蒼然、伝統墨守の道場入門の話である。

木綿の法衣に、太手巾《ふとしゆきん》という横綱の綱まがいの太い帯を巻き、首から下げるのは袈裟の入った文庫、その外側に剃刀と砥石のセット、食器、経本を結わえ、網代笠《あじろがさ》をかぶり、脚には脚半《きゃはん》、履くのは草鞋……と入門時のいでたちを書くと、いかにも時代がかったように思われるだろうか。

【雲水】所定めず遍歴修行する禅僧
【行脚《あんぎゃ》】僧が諸国をめぐって修行すること

辞書を引くとこのような言葉が出て来るが、「遍歴修行」「諸国をめぐって修行」するのに必要なもの一式が、入門時のいでたちなのである。

いでたちで立ち止まっていては前に進めない。入門の作法である。道場の玄関に入り上がりかまちに頭を下げ、入門願書、履歴書などを置き、「たの〜みましょお〜〜」と大声で呼ぶ。奥から「どぉ〜〜れ〜〜」と返事が来る。芝居がかっているが、昔変わらぬ決まりである。「いずれより」と問われたら「○○寺徒弟○○○、掛搭《かとう》の儀お願いします」と答える。「掛搭」とは入門のことである。願書などを受け取っていったんは奥へ入った僧が戻って来て言うには、「当道場は満衆につき庫下《くか》も回りかねております」つまり「修行僧でいっぱい、あなたの入る余地はありませんし、食べ物もろくにないありさまです」と言う。これも決まり文句で、さらに円覚寺だと「隣には建長寺もございます」と言う。そちらへ回られたら如何ですかと言うのである。素直に言葉に従って建長寺に行けば、「隣には円覚寺もございます」。つまり、どこへ行っても断られる。ならばと、かまちに頭を下げたまま座り込む。入門が許されるまで退かないという意思表示である。ただ座り込むだけのようだが、朝早くからのこの姿勢は腰が痛いし、吹きさらしの玄関の風は寒い。座っているだけだからよけいにいろいろなことが思われる。粗末な昼食が出され、夕方になると仕方なさそうに上げてくれるが、さらに粗末な夕食が済むと、何も置いていない狭い部屋に通される。壁に向かって黙々と座るしかない。そして翌朝には、「さあお立ちなさい」と言われて一度は玄関を出るが、すぐに戻ってまた座り込む。かくて座り込むこと二日。それから先にも通された狭い部屋で三日間、壁に向かって座ると、「仕方ないので」と、ようやく入門が許される。これが伝統墨守の入門作法である。

ここでは、年齢、学歴、経歴などは問われない。本当に修行する志の有無だけが試される。玄関に座り込む二日、壁に向かう三日間は自分の心と対話である。本意でもない坊主になるためにこんなことをするのかと思ったら、耐えられない。途中で去って行く者もある。去る者は追わない。去ったらどうなる。入門、修行ができなければ僧になれないだけのことである。単純にしてオソロしい入門試験なのである。

座り込んでいるところへ恋人とおぼしき女性が来て「帰ろうよ、帰って仲良くやろうよ」としきりに誘ったというのは実話で、入門志願だったはずの彼は、間もなくいなくなった。修行より彼女を選んだのだ。

こんなことを書くのは、実は、愚息がこの四月に入門することになっているからで、送り出す親はまこと愚かにいろいろ心配している。ただし、「帰ろうよ」と誘いに行く彼女はいないようなので、それだけは安心している。それやこれや、思い出しての一首。

雲水のむかし草鞋に雪踏みし円覚寺道今日桜降る　『草鞋』

坊さんの通販

前回、私ども臨済宗の道場入門のいでたちを、木綿の法衣に、太手巾《ふとしゆきん》という横綱の綱まがいの太い帯を巻き、首から下げるのは袈裟の入った文庫、その外側に剃刀と砥石のセット、食器、経本を結わえ、網代笠《あじろがさ》をかぶり、脚には脚半《きやはん》、履くのは草鞋……と書いた。こうした入門時の支度に限らず、坊さん一般の袈裟や法衣について、どのようなところで入手するのかと聞かれることがしばしばある。それもごもっともで、どこのデパートでも世間一般の通販でもお目にかかれない。

なにを隠そう、と勿体ぶるほどのことではないが、この業界には法衣店、私どもは衣屋《ころもや》と呼ぶことが多い専門店がある。袈裟や法衣、儀式一般に用いる道具から本堂の飾り方は宗旨宗派によって異なるから、それぞれの宗派をになう法衣店がある。私ども臨済宗の寺院は六千カ寺ほどと聞くが、年に一度カタログを送ってくれる衣屋が六軒ほど、いずれも京都市内にある。

カタログといってそんなに厚いものではないが、開くとまずはさまざまな色と紋様の袈裟の写真が並ぶ。ふむふむなかなか良い柄だなんぞと思いつつ値段を見れば、びっくりの二乗。次の頁のちょっと地味かなと思う袈裟でもそれなりのお値段である。

袈裟と法衣には、導師用と一般その他用がある。喩えれば、主賓か一般客かの差である。色も生地もランクが違う。小庵で法要をする時は導師用、ご本山での行事や縁のある寺での儀式に出るような場合は目立たない一般その他用と、使い分ける。道中用の略衣はまた別である。これらはそれぞれ夏用と冬用が要る。一着ずつとはいかないのと、そこそこに傷むから新調もする。それでカタログには、袈裟と法衣の色と生地見本がずらっと並ぶ。値段を見れば、びっくりの二乗などと言ったが、法衣一着は着物二反分を要するそうだから、羽二重だの緞子《どんす》だのといえば、おのずから高価なのも仕方あるまい。もっとも、会社勤めの人の背広と違って、坊さんが一生に着る数は知れているから、飛ぶように売れることはない。だから、法衣店のフトコロ事情が加味されているのかも知れない。

めくっていくと、「僧堂掛搭《かとう》用品」というページがあって、冒頭に述べたような、入門時に必要な品々がリストアップされている。次のページは「晋山式《しんざんしき》用品組み合せ一覧表」で、これはめでたく修行を終えて住職になる際に揃えるものの一覧表。袈裟、法衣はじめもろもろの必要品だが、今めくっているカタログだと一覧表にも六段階あって、一〇〇〇〇〇〇円から二〇〇〇〇〇〇円まで、まあこれだけの資本をかけて、期待を持って新住職は迎えられるのである。

さらに読み進むと作務衣《さむえ》、コートに続いて、白衣、襦袢のページがある。作務衣というのは、本来は作務（勤労）の時に着る、つまりは作業服だったのだが、近年は一般化、ファッション化しているので、ご存じの向きも多かろう。カタログを見れば、昔にくらべて色も生地もずっと種類が増えている。

それからさらに続くは数珠、記念用特製風呂敷から足袋、草履、下駄、お香など、必需品は何でも取り揃えてある。新しいのは「記念品用カタログ」。祝儀・不祝儀につけ寺で行事をすると坊さんが集う。されば、お返しの品が必要となる。坊さん用となると内容が限られ、悩むところである。そこで考え出されたのが「記念品用カタログ」で、つまりは世間で言うカタロググギフトの坊さん版。法衣用カバン、頭陀袋《ずだぶくろ》、朱盆、天目茶碗《てんもく》・天目台セット、マジック帯夏冬セット……と書いて、説明が必要になりそうなので以下省略。この中から一点をお選び下さいというわけである。「お仕立て券」というのもある。いくつかの生地の中から選んで寸法を添えて法衣店に申し込むと白衣が届くシステムで、近年の流行である。

それやこれや、企業秘密そっと教えますみたいな話になった。締めくくりは、横着、華美を自戒して。

何故に家を出でしと折りふしは心に愧《は》ぢよ墨染の袖　　良寛

坊さんの通販・ＰＡＲＴⅡ

格安の墓地を買うたという便り一字一字のかなしかりけり　　山崎方代『迦葉』

いろいろな買い物があるが、中には、安ければ良いとばかり思えないものもある。この歌の「墓地」などもそのひとつだろう。

さて前回、私どもの業界の通販の話をしたが、あれは法衣店という、衣装、衣類を中心とした店のカタログで、それ以外に、寺の維持管理、運営に必要なるもの種々の通販専門会社がある。一口に寺といっても宗旨宗派、地域によって性格は異なり、必要とするものも異なる。世間一般でも販売されているものも含まれるが、まありとあらゆる必需品を取り揃えたカタログが送られてくるということになる。数えて十社ほどになろうか。今回は、Ｊ社のカタログから、寺院ならではというものを紹介しよう。題して〈坊さんの通販・ＰＡＲＴⅡ〉。

平成二十六年四月発行（隔月刊）の冒頭を飾るのは〈今月の新商品　アルミスタンド型手桶差〉。お墓参りに使った手桶を逆さにして返していく台で、「スタンド型なので場所を選ばず設置できます」とある。手桶は置き場にそれなりに場所を取るので、二段で使えてたしかにコンパクトではある。と説明しても分かりにくいだろうから、次は「寺院標示板」。「参拝者や墓参者に一目で分かります」とあって、つまりは立て札である。「お墓参りには、まず本堂のご本尊様に参拝してから、お墓にお参りしましょう」「古いお塔婆は所定の場所に置いてください」といった立て札の出来合い版で、大きさもいろいろ揃っているようだ。

めくっていくと筆や墨のページがある。文具屋でも間に合いそうだが、「ご好評いただいている卒塔婆筆に続く特大木書筆のご案内」「さらに進化!!木書専用墨液」とあって、木に書くことが重要視されている。住職は卒塔婆という木に書くことが多いのである。

「タンス」「カバン」だと、「法衣タンス」「法衣カバン」がいかにもこの業界という感じである。タンスやカバンは世間でも売られているが、ここでは法衣という特殊なものの寸法に合わせた配慮がなされている。「掛軸収納タンス」というのもあって、床の間のない家が多くなった昨今では掛け軸さえ珍しい存在なのに、何十本も保管するのにタンスが要るという、これも寺ならではのものだろう。

履物は草履が多いから、これもいろいろ取り揃えられているが、一般社会の履物屋と違って写真見本は白い鼻緒ばかりなのが可笑しい。白といえば「法衣用ストレッチ白トランクス」という商品がある。「透けても安心、穿《は》いて安心」と見出しがあって、「白衣をお召しになった時に、色物の下着が透けてお困りになっている方がたくさんおいでになることを承知しております。そんな悩みを解決する、透けても安心の白トランクスをご案内します」という。「色物の下着」など私は着けたことがないので、実はよく分からない。

「寺院献灯ライター」という商品もある。仏様のお灯明を点ける道具で、ライター自体はどこにでもあるが、仏様が大きいと燭台も大きくなり、手が届きにくい場合が多い。それで、長い柄の先にライターが取り付けられているのだが、カタログには一〇五センチとある。点けるのに至便が工夫されれば、消すのにも工夫がなされて当然である。蠟燭の火はどう消すか。自宅のお仏壇だと息を吹きかけることもあるだろうが、あれは不浄な行為でよろしくない。火を消すには酸素を絶てばよいと教わったのは、何歳の時だったか。酸素を絶つには、蠟燭の火に蓋をすればよい。それで、長い柄の先にすっぽり炎を覆うような蓋付きの道具が考案された。かぶせれば火が消える。「ご寺院にふさわしいデザインで新登場」と銘打たれているこれは、蓋（火皿と言うらしい）が蓮弁《れんべん》の形をしている。全長五七センチ、重さ一九五グラム、材質は火皿・真鍮製、柄・木製で日本製とある。それで、この火消し道具の名称が「火消しの辰五郎」とあるのだが、宗教的威厳に欠けてはいないだろうか。

講演・法話

講演とか法話とか、人様の前でお話をすることは、時どきはある。
講演は、山崎方代ないし短歌関係の依頼がほとんどで、方代に関しては、本業が多忙でない限りは出かける。いそいそと出て行くというのが正しいかも知れない。方代のことは、語りながら楽しくなっていき、聴いて下さる方も楽しそうになっていくのが分かる。
方代を語ってほしいという要請は、地方自治体の文化講座のようなところからもあって、嬉しい。昨年は都内某区の文化スポーツ振興課からの依頼で出かけたが、これは「漂泊の系譜」という、何回かに分けての講座のひとつで、他の漂泊者は西行、宗祇、芭蕉、井月などで、このような先達と肩を並べ、方代も出世したものだと微笑んだ。講演後のアンケートでは、やはり西行、宗祇、芭蕉に比べて知名度はまだまだ低いと実感させられたが、あとで関連の本を買って下さる方もあったので、手ごたえは十分だった。

法話である。方代に関してはいそいそと出て行くと言ったが、法話やお説教の場合は、しぶしぶと、である。ありがたい教えを説くなどというのはおこがましく、おのれに照らして気恥ずかしいのである。

若かりし頃、鎌倉の外をあまり知らない私は、同じ臨済宗の京都のご本山や坊さんたちと親しみたいと思った。それには各ご本山持ち回りの勉強会に参加すれば良いと分かって参加した。ところがどうしたことか、いつの間にか布教師（説教師とも呼ばれる）のライセンスを授与され、挙げ句は、滋賀県や三重県を説教して回ることを命ぜられたりもした。いろいろあってライセンスは返上、説教の旅からは解放されたが、こうした過去の影は今でもたたって（？）いる。

わがご本山は、外に向けての活動がかなり活発で、種々の坐禅会と日曜のお説教会は平常行事である。日曜のお説教会は第二と第四の日曜日で、このうち第二は管長猊《げい》下《か》がなさるが第四は持ち回り、うちの年二回は私の担当である。しぶしぶ出かけて行く。そしてしょぼしょぼと帰ってくる。何を説教すると言って、もっとも身近にある短歌を引いて、法話なのか文芸講演なのか分からぬ内容になることが多い。窪田空穂、吉野秀雄、島秋人を語ったと言えば、内容をお察しいただけるだろうか。山崎方代、柳宣宏の歌も語った。みんなよく聴いて下さるが、自分としては気恥ずかしい。

恥ずかしく、おこがましいと言うのは、人間的に貧しいから内容また貧しいと言うこともあるが、もうひとつ、語り手として未熟なのである。次のような話を文には書けるが、語ることができない。

＊

私には二人の兄がいて、次兄は二十四歳の時に国鉄保線区で殉職した。事故現場から遺体は故郷の伊豆に帰り、葬儀が営まれた。いざ出棺というとき、母親はすっと柩に寄り、子の亡骸の額に手を置き、じっと動かなくなった。ハンカチを口に当ててはいたが嗚咽をもらすでもなく、ただ額に手を置いて動かない。誰も声をかけることができない。どれくらい時間がたったか。そう長くはなかったのかも知れないが、私には長く長く思え、口に当てたハンカチの白さとともに忘れられない。

＊

長兄が三十三歳で不慮の事故で亡くなったとき、その長女はハイハイを覚えたばかりだった。当然、父の記憶はない。長じて結婚し、母親となった。「子供ってこんな可愛いものなんだね。可愛い子供たちを置いてお父さんも死にたくなかっただろうなあ」としみじみと言ったと、その祖母、私の母から聞いた。

＊

書きながらやはり涙が出てしまった。未熟だと思い、たぶん永遠に未熟のままなのだろうと思う。

お説教に使った柳君の歌を最後に引こうか。

辻褄を合はせるやうな生き方は海辺の風に聞くまでもない　　柳　宣宏『与楽』

カイダン

八月である。暑い。涼しい風が欲しい。となれば、怪談である。鎌倉への入口の一つが朝比奈越えで、越える峠のいただきには広大な鎌倉霊園がある。深夜、車で峠のいただきにさしかかるとバス停があり、老女が一人ぽつんとベンチに座っている。通りすぎてから、助手席の人が言う。「こんな時間にバスなんか来るはずないのにね、何を待っているのかしら」。言ってからはっと気付いて、言った人も聞いた人もひたすら車の前方だけを見る。後ろは見ない。否、振り向けない。くねくねと上りくねくねと下って、朝比奈の峠を越える。そこでのコワ〜い話だ

が、さらにひとつ。

　峠を鎌倉側に下りたところに、不思議にぽつんとした感じの電話ボックスがある。誰かが中で話しているなあと思いながら近づくと、姿はない。ボックスをずっと見ながら近寄ったのだから、用が済んで人が出たならば見えるはずだ。話していたのは誰だったのか。鎌倉霊園だけではない。近くには梶原景時太刀洗の井戸などという、血なまぐさい伝説もある。

　鎌倉の別の入口の名越でもこの種の話を聞くが、省略。さらに身近な、わが山中小庵の話である。

　玄関の脇のダイニングキッチンのような部屋で、時間ともなればスタッフがお茶を飲みながら談笑する。「ごめん下さい」という声がする。「はい」と何人かが一斉に返事をし、一人が玄関に出る。他の一同は会話を控える。しばらくして、玄関に出たものが首をかしげながら戻ってくる。「誰もいない」。一同は顔を見合わす。何人かが返事をしたのだから、空耳ということはない。「お客さんだな」と誰かがつぶやき、一同がうなずく。「お客さん」と言うのは、この世から冥界に行く途中で菩提寺である小庵に立ち寄って挨拶していく「お客さん」である。「父が逝去しまして、お葬儀を」と言う電話が、その夕方か翌朝に入る。檀家さんの全員が全員ではないが、律儀な方はおられるのだ。可笑しい（と言うのは適当であるかどうか分からないが）のは、玄関で声がかかるのは男性で、女性は勝手口からなのはどういう法則があるのか。

越後の坊さん仲間から聞いた話。隠居の老僧がふと「はて、誰が逝ったかな」とつぶやく。それからほどなく、葬式のお願いの使いがやって来る。どうして分かるかというと、本堂のリンが静かに鳴るのだそうだ。「残念ながら、自分には聞こえない」と仲間は言っていた。「修行のレベルの差なのだろうか」とも。

先輩の僧から聞いた話の主人公は、植木屋。境内の木に登って仕事をしていたら、きれいな着物を着た若い娘が本堂に入っていくのが見えた。見とれていて落ちそうになったというと落語だが、そんな感じだったらしい。それでお茶の時間になって、「さっきはきれいな娘さんが来ましたねえ」と住職に話したら、住職はびっくりして、「今しがた檀家さんから、娘が亡くなりましたと電話があったばかりだ。おまえさんの見たのは……」と言う。当の植木屋は震えが来てそのまま家に帰り、しばらく寝ついたという。

それやこれやこの手の話には事欠かない世界だが、怪談のたたられ役のようなひどいことをした覚えはないので、さして怯える必要もなさそうだ。見えざるものについて、次のような歌も作った。

ふるさとのお盆に帰る人を待つ家族友人かそけきものら　『草鞋』

最後は、娘たちが幼い頃に聞かせたカイダン噺。

＊　＊

くら〜い夜道を、向こうから下駄の音が近づいてくる。カラ〜ン、コロン、カラ〜ン、コロン。気持の悪い下駄の音。カラ〜ン、コロン、カラ〜ン、コロン。どうしよう、どうしよう、いよいよ下駄の音が近づいた。カラ〜ン、コロン、カラ〜ン、コロン。と、ガキッという鈍い音。「あ、こんなところに階段が」と、下駄の主のつぶやきが聞こえた。

広い家

「大下さんちは広くていいわね」と言われることが時どきある。ほとんどが歌人仲間で、必要な資料だけでなく、贈られた歌集歌書、雑誌の類をとりあえずあちらにくくったまま置き、こちらに積んで置き、崩れると困るから触れぬよう壁に沿って静かに階段を降りるといった話の続きに出てくる。まあそう見えるだろうとは思う。必要あって建坪を累計したら、ほぼ二百坪にはなるのだから。首都圏で二百坪の土地を持つのも大変なことだが、土地ではなく住居の広さが二百坪となれば「広くて……」ということにはなる。だが、しかし、しかしですよというのが今回の話である。

建坪二百坪というが、仏殿や開山堂、地蔵堂といった礼拝施設も含むから、いわばこれらは宗教行事空間で、生活の場とは次元が異なる。それから、客殿、茶室などの建物はいろいろな使い方をしているけれど、日常的、私的なものをずっと置いておくわけにはいかない。無条件で二百坪ではないのである。

このように書きながら思い出したことがある。

税務署の指導を受けたときの話で、光熱水費をすべて寺の会計から支出して大下個人が負担しないのはいけないというのである。なるほどそうかと思った。全額を寺と大下個人で案分するのだが、では、その比率はどうなるのか。半々でどうでしょうと言う。ちょっと待ってと言った。仏殿、客殿、茶室などの公共的空間まで折半では不公平だ。私は個人で使っている空間とそうでない場を区分けして比率を出すから、そちらも家族五人ほどのごく一般的な家庭だとどれくらいの光熱水費がかかるものか調べてほしいと要望した。結果、五分の一くらいが大下個人の使用空間であり、光熱水費の五分の一くらいが一般的な家の使用料と同等だと判明して、一件落着となった。面倒くさいことを書いているが、つまり、大下さんの個人ないし家庭の使用空間は二百坪の五分の一でしかないということである。二百坪の五分の一ならば四十坪、それでもまだ広いと仰せだろうか。この話はまた最後にしよう。

なにやらぶつぶつ言い出したついでに、「大下さんち」についても触れようか。ずいぶん以前だが、銀行でカードを作りましょうと言って来た。承知して申請書に記入を始めて、はたと手が止まった。「家」という項目である。一戸建て、マンション、賃貸のいずれでもない。該当するのは「社宅」しかないようだ。寺という公益法人の代表役員にして、所有する建物の管理人でもあることを、初めて認識した瞬間だった。それはたしかにそうで、役職を解かれたら住むわけにはいかない。よって、私の持ち物ではないから、「大下さんち」と言うのは基本的には正しくない。その、自分の持ち物でもないのに欠かさず掃除し、そちらこちらと修理を重ねて保持するのが私の仕事ではある。

愚痴っぽくなったので話を移そう。

建坪二百坪と言ったが、ついでに言えば、土地は五万坪を超える。えええっという感じだろうか。大半は山林ながら、国の史跡、古都保存法特別保存地区、保安林で、当然ながら市街化調整区域。つまり、何もしないで放っておくのが好ましいと国が指定した区域である。だから、何の活用もできない。なのに、崖が崩れた、木が倒れてきたから処理してくれといった、嬉しくない話がよく持ち込まれる。

数多なる規制を受くる五万坪人住み猫棲みあらいぐま棲む　　『足下』

「山五万坪」という長歌を以前に作った。これはその反歌で、あらいぐまを始めたくさんの生き物と共存するのも慈悲のうちかと思う。そして実際には、静かで、風は涼しく、緑は目に美しい。なかなか贅沢な管理人だとは思う。

言い忘れたことがあった。現実の大下さんは、八畳の空間に机をおき書棚を目一杯立て、あふれた本を積み、どうにも入らない分は段ボールに入れてそちこちの押入れに放り込んでいる。とほほ状況なのである。

テレビ

鎌倉の山中小庵などと言うものだから、浮世離れした感じを持たれることがあるが、居間にはテレビが置かれている。何インチというのか知らないが、そこそこの大きさの液晶ビジョンで、地元のケーブルテレビも入っているから、チャンネルの数は多い。

必ず見るのは、朝七時と正午のＮＨＫニュース。世間のことはしっかりと見て、時代を考える糧にする。当然ながら、人との話題作りにも大事である。夜のニュースは七時まで待てないので、民放のニュースショーをその日その時で選ぶ。選んでいて、元気おばさんの尿洩れパンツのＣＭに出会うことがあるが、あれは晩酌の味に障る。なんとかならないものかと思う。

ニュースの次によく見るのが、スポーツ中継。スポーツは一応なんでも好きだが、土曜日、日曜日の昼間は法事や接客に忙殺されるから、思いどおりにはいかない。野球のナイター中継はよく見る。広島カープのファンだというのは、以前に書いた。カープ戦はケーブルテレビ系でほとんど中継してくれるから、嬉しい。余談ながら、カープファンには不思議な連帯感があり、加えて広島県の人にカープファンだと名乗ると、とても喜んでもらえる。広島市民球場で販売されている地下足袋といえば当然ながらあざやかな赤色なのだが、この珍品も送っていただいて手もとにある。ただし、まだ履いていない。履くのが勿体ないような照れくさいような、である。ともあれ、今年のカープはなかなか好調なので、テレビで応援しながら、酒の量もおのずと多くなっているようだ。もっとも、負けが込めば込んだで、また量が増えもするのだが。

相撲も好きだが、夕刻までは不意の来客もあるので消音にしてみる。音声のない土俵画面もなかなかおつなものだが、愚妻は嫁に来てそうそうに驚いたことのひとつだった。音がないと想像力が豊かになるが、ただし、新しい力士の名がなかなか覚えられない。

消音といえば、将棋も音無しで楽しめる。日曜日の昼前で、法事の合間によく見ている。中盤の駒組みからいよいよ激突というところでこちらは法事の時間になり、お経を読んで帰ってきて見ると、どういう展開でこうなったか分からないような局面が多い。なるほどこれがプロかと思いながら見ているうちに揉み合って終盤になり、一手の差がどうのというあたりで法事のお客様が墓参から戻って来たのに挨拶し、テレビの前にまた戻って見ると、終わっている。勝ってにこにこ負けてしょんぼりといった表情は見せないから、どちらが勝ったか分からない。盤面もさりながら、勝負師の顔を見る面白さもある。棋士はみな良い顔をしている。

スポーツ以外だと、生き物番組をよく見る。生き物番組という言い方が正しいのかどうか知らないが、サバンナを生き抜く戦いの知恵とか、過酷な環境の中で花を咲かせる植物といった内容のあれである。みんな種の保存に向かって誠実に真剣に生きているのだと、涙ぐましくなることが多い。

雄なればムツゴロウとて闘えり目を剝き泥に体撲ち合い　『月食』

胸びれで干潟を這って歩いて剽軽《ひょうきん》に見えるムツゴロウにも、雌を得るための闘いがある。小さな生き物も小さいなりにそれぞれに闘う。人間はどうなのか、いろいろ考えさせられもする。

ドラマは見ないかと問われる。鎌倉が舞台だとそれなりの興味で見るが、当世のトレンディといわれるものは、ほとんど見ない。話題の「倍返し」というのも見なかった。全体に、なんだか作り物のそらぞらしさを感じるのである。NHK日曜日の大河ドラマは例外で、歴史が好きなのである。それで、ついついドラマに割って入って講釈を言いたくなる。こんなことはあり得ないとか、常識的解釈ではこうなっているとか。それで、ある時に娘に「うるさい」と言われ、講釈はやめることにした。英雄物語は楽しいが、英雄でない者の現実はなかなか厳しいのだ。

虫との遭遇

落ち葉の季節になると、寂しいような、少しほっとしたような、不思議な気持ちになる。

落ち葉が降って積もると、そこを寝床に多くの生き物たちが冬眠に入る。むろん冬を越せない生き物も多いのだが、ともあれ〈未知との遭遇〉ならぬ〈虫との遭遇〉からはまぬがれる。

山中の嬉しくない同居者という話は前に書いたが、他にもたくさんの小動物や虫との出会いがある。

壁面にぴたりと張りついた、十センチほどの楕円形に近い薄茶色の平べったいものは、規則正しくつづっている細く長い足が、さわったらいかにも気色悪そうだった。みょうな静けさも気持ち悪い。こんな生き物がいるのかと息を呑み、聞いてこれがげじげじという虫だと知って、「医者とげじげじはでえっきらい（大嫌い）だ」という、漫画で読んだ台詞に納得した。

げじげじになめられると禿げるという珍説はさておき、げじげじよりずっと怖いのが、百足。足はげじげじよりはるかに短いが、精悍。闘争的。障子を這う音はばりばりと聞こえるから、脚力も強そうだ。嚙まれると痛く、腫れあがる。足の甲が腫れあがり、足袋を履けないことがあった。剃髪した夜に頭を嚙まれる珍事もあった。どういう経緯でそうなったか、被害者は寝ていて、嚙まれたという結果しか知らない。頭皮をじかに嚙まれるのは坊さんゆえと苦笑し、三宝を敬うことを知らぬ百足だが、仏罰が下らぬよう祈った。

ある朝、さあ庭掃除を始めるぞと、軍手に指を入れた。とたんに、ぐあーんという感じの衝撃。軍手を投げ捨て、痛い箇所を見る。小さいが指先の傷口はあきらかに百足。昨日から脱ぎ捨てておいた軍手の指の間に入っていたのだろう。腫れ上がらぬ前に急いで薬を塗る。後日、この話をしたら、「その百足ってどんな大きさですか」と聞かれた。どんな大きさといって、瞬間の衝撃と、薬を塗らなくてはという思いが先で、犯人を見ている余裕などあるはずもない。

幼い頃から、蜂にもしばしば刺された。だいだいの木に上って実を取ろうとしたら、たまたま蜂の巣があったようで、ぼこぼこに頭を刺されたのは、小学校の何年生の時だったか。近年も、紫陽花の剪定をしようと枝の間に手を入れたら、指先にバチバチという感じの衝撃。足長蜂の巣は大きくないが思わぬところにあるので、ご用心ご用心である。

これも朝の庭掃除の時の話だが、そろそろ終えて帰ろうかという頃合いに、石畳の上で蜂とすれ違った。足元を飛ぶのは何という種類の蜂なのか、足長蜂より速く飛ぶ。すれ違いざまに、殺気のようなものを感じた。この勘は間違っていなかった。通り過ぎたはずの蜂は反転して、私のアキレス腱のあたりを刺した。ぱちっという音がしたように思った。何が気にいらなくて襲ったか。三日ほど冷やし続けることとなった。

こう書くと、しょっちゅう被害に遭っているようだが、記憶に残るくらいの数だから知れたものである。

可愛い生き物も多い。やもりはトカゲに似てそれよりはるかに小さく、戸の開け閉めの時などに慌てて這い出して逃げる姿は、とても愛嬌がある。毒はなく、守宮とも書かれ、家の守り神と言うが、この平和さ穏やかさは、人類の守り神のようにさえ思える。

中には変わり者もいる。例えば、蛙。蛙はふつう、落ち葉の下などで冬眠するのだが、小庵の玄関前の消火用ポリバケツの中で越冬するのもいる。最初は間違えて入ったのかと思って出してやったら、また戻っている。放っておいたら、バケツの底にたまった落ち葉に潜っていた。赤いバケツの底でどのような夢を見るのだろうか。犬は飼い主に似ると聞くが、山中小庵のめぐりの生き物も、主に似て変わり者なのだろうか。いや、そんなはずはあるまい。

虫たちが冬ごもりに入った山中小庵は、不思議に静かである。

消火用バケツの底に冬を越す蛙の夢の赤くあらずや　『草鞋』

旅のあれこれ

住職というのは住む職と書くように、寺に住んでいるのが仕事で、あまり出歩かないのが良いという説がある。しかし、そうとばかりもいかない。庭園関係、寺関係に短歌関係、その他もろもろ、出かけることは多い。ただ、旅行社企画のツアーへの参加というのはない。おおかたの旅はマニアックなものである。

庭園関係というのはつまりは庭園の管理人の眼で名園を訪ねる旅だが、兼六園、偕楽園や金閣寺、銀閣寺といった知られた庭園は当然のこととして、地方にひっそり残る庭園も訪ねる。岡山後楽園は有名だが、郊外には近水園《おみずえん》という、足守藩のお殿様の庭園がある。十年ほど前に行ったらずいぶん荒れた感じだった。このお殿様は木下姓で、木下利玄はその末裔。利玄の短歌の静謐さと重なる不思議な味わいがあった。

ある寺を訪ねたら拝観謝絶で、それでもとお願いをしたら、ジャージーを着た老僧が面倒くさそうに対応してくれて、「金がないから庭の維持ができない」と琵琶湖を模したという庭を指した。こんな庭を訪ねてくるなんぞよほどの物好きだと言わんばかりに。

寺関係というのも、名刹だけをお参りするわけではない。高知県の東津野村《ひがしつの》を訪ねたのは、もう二十年も昔になるか。須崎からくねくねと山道を上ること上ること二十数キロの山中である。山中小庵の第三世にして建仁寺、南禅寺などの住職をした義堂和尚と、その兄弟弟子で天龍寺、相国寺などの名刹に住した絶海和尚の生誕地なのである。いろいろな経緯で先方から挨拶されたことへの返礼もあるのだが、とにかく、山は深い。役場のフロアーに二人の銅像が立っていた。いただいた資料では、二人の生誕地に石碑が建てられているという。ならば行ってみたい。「絶海和尚生誕之地」の碑は幼稚園の園庭も兼ねる神社の境内にあり、「義堂和尚生誕之地」の碑は段々畑の畦道にあった。写真を撮り碑を撫でていたら、須崎から私を乗せてきたタクシー運転手曰く「こんなもんの為に来たんですか。それにしても蛇の道はへびじゃねえ」。おいおいその使い方は違うぜよと苦笑したものだ。

短歌関係では、窪田章一郎先生の歌枕を訪ねた。体調不自由になられた先生をお慰めしようという目論見で、何かのついでというのもあったが、その為に足しげくあちらこちら訪ねて写真を撮った。信州別所温泉や安楽寺は普通の観光ルートだが、田澤温泉、姥捨山とたどっていったら、運転手に「お客さんは教育委員会の人ですか」と聞かれた。この時だったかどうか記憶が定かでないのだが、保福寺峠にも行った。

北信濃ゆくりなく来て若き日の父が行かしし道をわれ踏む　『初夏の風』

章一郎の歌である。地名は入っていないが、若き日の空穂が学問を志して出奔、上京した時に「行かしし道」が保福寺峠である。秋もたけなわ、黄葉が美しい。しかしなんだか、人がずっと監視しているようだった。はっと気がついたのだが、松茸のシーズンで、地元のトラックではない不審車はキノコ泥棒と疑われているのではなかったか。

マニアックな旅の極めつきのひとつが、初期の「方代さんを訪ねる旅」。山崎方代ゆかりの右左口《うばぐち》村や鶯宿《おうしゅく》などは、観光ルートではない。それもさりながら、その時の案内人は山梨日日新聞の元文化部長坂本徳一さんで、甲府市内をあっちに行けこっちに行けと指示する。挙句が、「はい、ここがあの百石町」。

甲斐の国百石町の片隅でわれ童貞をはらりとこぼす　　歌集不収録

と方代の歌にある百石町である。「童貞をはらりとこぼ」したと歌われた街を、みな真面目に車窓から眺めているのが可笑しかった。

人生は光陰の中を行く旅人だが、われながら可笑しな旅人だと思うことが多い。

いろはかるた

【い】犬も歩けば棒にあたる

昔むかし、中国は唐の時代、河北の趙州《じょうしゅう》の街を犬が歩いていて、二人の坊さんに出会った。一人はかなり年配でどこか落ち着いた風格を漂わせ、もう一人は若いが一癖ありそうな風貌。二人の前を通りかかって、犬はぴたりと足を止めた。一癖ありそうな方がこちらを指さし、老僧に質問したからである。「あの犬っころにも尊い仏性《ぶっしょう》=仏の本性が備わっておりましょうか」というのである。備わっているならばなんであんなに汚れているのかという含みがある。大きなお世話だと思いながら、犬は耳を立てる。老僧がぼそりと答えた。「無」。

この話、原典ではこう言う。

趙州《じょうしゅう》和尚《おしょう》、因《ちなみ》ニ、僧《そう》問《と》ウ、狗子《くし》ニ還《かえ》ッテ仏性《ぶっしょう》有《あ》リヤ也《ま》タ無《な》シヤ。州《しゅう》云《いわ》ク、無《む》。

僧の名は住んでいる地名で呼ばれるのが通例で、趙州に住んでいるから趙州和尚である。


さてこの趙州和尚が「無」と言ったのはどういうことか、自分なりの所信を述べよというのが、私どもの禅修行の第一関門なのである。『無門関《むもんかん》』という本ではこれにいささかの注釈をして「虚無《きょむ》の会《え》を作《な》すこと莫《なか》れ。有無《うむ》の会《え》を作《な》すこと莫《なか》れ」と言う。この「無」は、虚無の無でもなければ有無の無でもないぞというのである。坐禅して無心になれたらいいねえなどと言われるが、それでは「有無の無」に過ぎない。

「禅問答」を辞書で引くと、「禅家で、修行者が疑問を問い、師家《しけ》がこれに答えるもの。転じて、ちぐはぐで分かりにくい問答」とある。まこと「分かりにくい問答」と思われるだろう。私どもは、この「無」をわがものとするために、ひたすらに坐禅をする。自慢ではないが、鈍才である私は、「無」のために足掛け三年苦しみ、警策《けいさく》という棒でどれほど打たれたことか。

いろはかるたの初めは「犬も歩けば棒にあたる」だが、犬が趙州を歩いたばかりに禅問答のタネとなり、私などはずいぶんと棒に当てられたのである。

【ろ】論より証拠

ひと月に一度、病院に行く。通院は高血圧症から始まったのだが、まあこの年になればいろいろと障りも生じる。病名を並べるのは恥ずかしいのでさておくけれど、まあ諸悪の根源はアルコール摂取過多である。「お変わりないですか」「はい、それなりに摂生しています」と答えても、数カ月に一度は血液を採って検査するから、嘘は言えない。で、「変わらず飲めています」などと正直に言う。先生も笑っている。実は、わが主治医はあまり酒にうるさくない。先生自身がかなり召し上がるからだと聞いている。

ともあれ、血液検査の結果はいつも「論より証拠」である。しかし、まだ変わらず飲めてはいる。

【は】花より団子

葬儀で壇上にあがり、荘厳な顔で儀式をつとめることは多い。壇上で晴れやかに花束を贈られることも、何度かはあった。その何度かのいずれの時だったか、「大下さん、花を贈りますが、好みはありますか」と聞かれて、とっさに、「できたら白と黄色の菊がいいねぇ」と答えた。言われたほうは「ええっ」という感じだった。「だって、持って帰ったら仏様の供花に転用できるから」と補足した。呆れてものが言えないというしばしの間ののち、電話は切られた。同じような機会が再びあった時、彼女はもう聞いてこなかった。もちろん、どの時にも白と黄色の菊ではなかった。

「花より団子」は「①風流を解さないこと。②名より実利を尊ぶこと」とある。私は「②名より実利を尊ぶ」のであり、「①風流を解さない」者ではないつもりである。しかし、本当に白と黄色の菊の花束を贈呈されたら困るだろうとは思う。

【に】憎まれっ子世にはばかる

これは実によく分かる話。あいつとこいつと……と指折り数えれば、すぐに十指に余る。しかし翻って、あいつが指折り数える中に自分もいるだろうとは思う。

以上、新年らしいいかるたの話。

いろはかるた・PARTⅡ

前回に続いて、いろはかるたの話である。

【ほ】骨折り損の草臥儲け

「骨を折れ」「骨惜しみするな」と、修行道場ではよく言われた。禅の修行は、自分自身の内面に向かって掘り下げていくものだから、外側からは見えない。心身を正し真剣に心を修めようと努力していても、はたまた居眠りしていても、一時間なら同じ一時間の坐禅である。しかし、骨を折った分は必ず結果になるから、苦労に無駄はないと叱咤された。思うにこれは、世間一般でも同じではないか。仮に、労力を費やしたのに結果がすぐに伴わなかったとして、そこでの反省点を見出すことは次回の飛躍の礎となる。我慢を覚えることになる。同じく苦労する人をいたわるやさしさも身につく。「彼は苦労人ですから」と人に言われるのは、勲章である。よって、「骨折り損の草臥儲け」という言葉に、私は感心しない。

と大見得を切って、道場の話に戻る。

修行道場で一人が、ちょっとした不注意で足を骨折した。仲間が異口同音に言った。「こんなことで骨を折るんじゃないよ」。

【へ】屁を放って後の尻すぼめ

修行道場での屁には面白い話がいっぱいあるが、書きにくいので、パス。

【と】年寄の冷水

近頃の若い奴らときたら、礼儀知らずも甚だしい。何かって言うと、若さだ若さだと言いやがる。若けりゃ何でも新しいことができると思い込んでる。「チェンジ」なんて、どこぞの国の大統領の真似をしてかっこつけて、本当に世の中が変えられると思っているんだから、いやになるよ。昔からね、老獪、老練の味ってのがあって、みんながわいわい言ってるのをあっちを立てこちらの機嫌を取って、まるく収めて、しゃんしゃんとやって、ことを進めたもんよ。若い奴らにはそういう芸がないから、角突き合せて喧嘩ばっかりして、いい結果は出ない。それでさあ、これじゃだめだからってちょっと口出ししたら、「出しゃばらないで下さい。年寄の冷水になりますよ」って言いやがる。年寄りの知恵を大事にしないと、文化はつながらないよ。国は亡びるよ。

しかしなんだねえ「年寄の冷水」と言うが、この水は旨いねえ。こういうものをしみじみと味わえるようじゃないと、人間の底が浅いよ。え、これは水じゃない。冷水じゃなくて冷酒か。はははは、「年寄の冷酒」は粋だねえ。

【ち】塵も積れば山となる

奉公に来たての丁稚に、旦那が始末・倹約ということを教えた。鼻をかんだ紙を捨ててはもったいない、取っておけば落し紙（トイレットペーパー）に使えるだろうと。しばらくして丁稚が旦那さんにしみじみと言った。「旦那さん、始末というのは臭いものですなあ」。丁稚は、教えられたのと逆の順番、落し紙を取っておいてそれで鼻をかんだのだった。

　何という題だったか忘れたが、こういう落語では必ず、「塵も積れば山となると言うてな」と入る。小さなこともおろそかにせずこつこつと積み重ねていくのが大事で、それが財を成す秘訣だというのである。

　話かわって、暮れの街角で見かけた光景。横断歩道を渡ろうとしたら、直進し損ねた車が邪魔している。歩行人の中の初老がその車の窓を開けさせ、「あんた免許持ってんのかい」とまくしたてた。たしかに邪魔ではあるけれど、喧嘩腰で物言うほどでもないように思う。この初老は心に塵を積らせているのだろう。「塵も積れば腹が立つ」ようだ。

「塵も積れば」もさりながら、「落ち葉も積れば山となる」は実感するところである。掃いても掃いても旧の木阿弥状態の山中小庵の師走。見上げると大樹の葉残量に愕然とさせられるから、ひたすら足元を見て黙々粛々と箒を動かす。しかし、悪いことばかりではない。積った落ち葉を焚いて芋を焼く。「落ち葉が積れば芋を焼く」というのは、かるたにはないが。

いろはかるた・PARTⅢ

正月の遊びついでのように始めた「いろはかるた」の話は、二回目の「塵も積れば山となる」までいったところで終わるつもりでいたのだが、ちょっとしたわけが生じて、もう一回だけお付き合いいただく。

【り】律儀者の子沢山

この一月、親しい坊さん仲間が亡くなった。六十五歳。同じ時期に何年も修行したから思い出はいろいろあるが、今回の眼目は、彼が長男だが九人目の子だったという話。長男だが九人目の子、ということは、上に八人の姉がいる。八女は三歳か四歳上で、名前は八重子。なるほどもっともなご命名と思ったが、八重子さん自身は「八女だなんて、恥ずかしくて外で言えやしない」とボヤいていた。

「律儀者の子沢山」の見本のような話だが、寺の後継者を作るために、つまり男の子が生まれるまでひたすら精進努力したと思えば、涙ぐましくはある。ただし、「家庭生活がまじめで品行が正しいから子供が多い」と辞書にあるようなお人柄であったかどうかは知らない。葬儀に参列して仰いだら、九人目にして長男の遺影は、その律儀な亡き父にそっくりだったのが、可笑しく悲しかった。

立ち止まっていると先に進めないので、飛ぶ。

【ゑ】縁は異なもの味なもの

例えば、料理店の主と客が話をしていて、二人の菩提寺が同じで、しかもそのうえお墓が隣だったと分かって驚いたといったことを、「縁は異なもの味なもの」というのだと、私はずっと思っていた。ところが、そうではないと、辞書は言う。「男女の縁は不思議なものであるの意」だと。「男女の縁」となると実はよく分からない。「これを斯うすりや斯うなる事と知りつつ斯うして斯うなつた」というのは、都々逸だろうか。「斬うして斬うなつた」というあたりを想像たくましくして、つまりこれが「縁は異なもの味なもの」なのかと納得させようとするが、どうも具体的なイメージがわかない。悲しいかな、経験不足。

このところ、高倉健さんの映画をＣＳなどでよく見る。どの映画でも、健さんはモテる。健さんの口から「縁は異なもの」などという言葉は聞かないが。

【ひ】貧乏暇なし

よく聞く言葉である。「忙しそうですね」と声をかけると、「貧乏暇なしです」と返ってくる。しかし仕事がなくて暇な人のほうが貧乏ではないかと思うが、どうだろう。もっとも、忙しそうな顔をして動いていると「大変ですね」と言われるから、反射的に「貧乏暇なしですよ」と答える。反射的といったが、この場合は、お金はあるけれどこのように言うしかなく、実際には貧乏ではないというのではなく、お金持ちでないことはたしかである。してみると、貧乏であろうとなかろうと、みんな暇はないのだろうか。ややこしくなって来たので、この話はこれくらいにしておこう。

【も】門前の小僧習わぬ経を読む

お盆に棚経という行事がある。お檀家の仏壇に赴いて経を読むのである。山中小庵にはそうした伝統はないが、一軒だけ例外がある。山門脇の、昔は寺だったと伝承のある土地に建つ家である。行くと一族が揃っている。私がお経を読む間は、子供たちも神妙に座っている。読み終って座を譲ると、一家の長が線香を上げるのに、仏壇に向かう。その時孫が聞いた。「今度はじいじが歌うの」。私のお経は、子供にはカラオケの歌と同じくらいに思えたらしい。こういう場合、「門前の小僧」にどう言葉を継いだらいいのだろう。

【す】粋《すい》は身を食う

先の「縁は異なもの」と同じく、よく分からない。つまりは、遊び過ぎは身を滅ぼすということなのだろうか。酒について、「一杯はひと酒を飲み、二杯は酒ひとを飲み、三杯は酒酒を飲む」に続いて、わが禅門の先聖は「四杯は、妓ひとを飲む」と喝破せられた。酔うと色香に迷いやすいから用心用心ということだろうが、一度くらいは飲まれてみないと理解が及ばないなどと、ああ末世の比丘の煩悩よ。

つくづく、とほほ、こっとり

学芸会の私たちのクラスのオペレッタは、正式な題名は忘れたが、ねずみたちが集まって猫の首に鈴をつけようとしてあえなく失敗するという内容だった。稽古が始まって十日くらいたっただろうか。主役のチューゾウ（チュー蔵？）さんを演ずる女の子が風邪をこじらせたか何かで休みが続き、代役に「ねずみ・その三」とか「四」とかだった私が抜擢された。稽古は重ねて来たことなので、主役の台詞もちゃんと覚えていて、代役のスタートはまずはよしと先生も拍手してくれた。ところが、オペレッタだから、途中でチューゾウさんが独唱する場面があって、そこで先生は首をかしげ

た。「一真クン、もう一度歌ってみて」と二回ほど言われたか。一真クンは懸命に声を張り上げた。先生はそこで別の先生と相談を始め、終わるとさらりとおっしゃった。「皆さん、ではこのチューゾウさんが独唱するところは、独りではなくみんなで歌うことにしましょう」。つまり、一真クンは台詞はよろしいが歌はまったくだめなので、みんなで補いましょうということなのだ。音痴ということをつくづく自覚させられた、小学校二年生の秋であった。

＊

吉永小百合さんとの話である。

テレビドラマの撮影で、わが山中小庵を使わせてほしいと言われ、主役が吉永小百合さんと聞けば、否も応もない。若くして夫に先立たれた主人公が再婚するまでの、舅とのいろいろな心のやり取りが主題で、お墓参りと、室内での一場面を撮りたいと言う。ちなみに舅役は笠智衆さん。室内はともかく、お墓参りとなれば許可は要るだろうと、撮影の対象となるそのお墓の世帯主に電話したら、二つ返事でご承諾。ロケ側からはもうひとつ注文があって、撮りたいお墓と主人公の姓が違うので何とかしたいと言う。これは出入りの石屋に相談するしかないので、そのように指示。結果は、「薄い石の板に主人公の家の姓を彫って両面テープで貼ってくれるそうです。代金を聞いたら、小百合さんのサイン色紙数枚で良いそうです」。

さてそれで、撮影当日。小庵の従業員の面々もなんとなくそわそわと半日が過ぎ、撮影の合間に小百合さんを真ん中に記念撮影をすることになった。小百合さんはとても気さくで、遠慮して脇で見ている従業員にも声をかけて誘ってくれて、「ハイ、チーズ」。次いで私は、この機を逃してなるものかと、私のカメラで小百合さんとのツーショットをスタッフに頼んだ。数日後に写真が出来上がった。小百合さんとにこやかに一枚の写真に収まっているワタクシ……と思いきや、焦点は背後の柱に合っていて、二人はその前で完全にピンボケのとほほ。シャッター押したあいつが意地悪だったか、柱を真ん中にという設定が悪かったか、はたまたカメラが悪いか。

＊

法話の折に名僧高僧の逸話を使うことは多いが、あまり使ったことのない話をひとつ。どなただったか忘れたが、とある高僧が婆さんの見舞いに来た。婆さんというのは、しょっちゅう寺に来て何かと世話を焼いてくれて、心根はやさしいのだが勝ち気で、うるさ過ぎたり出しゃばって他の信者さんと軋轢を生じたり、多少困ることもある、そんな婆さんだった。病臥している婆さんの脇で言うには、「お前さんもそろそろおしまいだな。さんざん因業《いんごう》―頑固で、ろくでもないこと―して来たから、せめて死ぬ時ぐらいはこっとり死ねよ」。和尚様に見舞いに来てもらってやれ嬉しや、これで大往生をと思っていた婆さん、これを聞いてかっとして、ここまで言われてこのまま死ねるものかと気力を奮い立たせ、ついには恢復したと言う。

婆さんの性格を熟知した高僧の策略だろうという話で、時に使ってみたいと思うが、周囲は恢復したらコワい人ばかりだから、まだ試したことはない。

＊

書きたいと思いながら機会のなかった話三題を最後に、この連載の筆をこっとり擱《お》く。

あとがき

「短歌」二〇一二年五月号から二〇一四年六月号まで「日々のいろいろ」という題で連載したエッセイを、このような一冊の本にまとめていただくことになった。

初めてエッセイの連載という機会をいただいて欣喜雀躍。五七五七七の定型のしがらみを解かれ、野に放たれた虎の如く堂々と、空に放たれた朱鷺の如く華麗なる文に挑もうと思った。しかし、はや数ヶ月にしておのれの非力を知った。タネは尽き、表現力の乏しさに愕然として、幾たび逃走・遁走を試みたことか。しかしその都度、スタッフの皆さんに励ましをいただき、かろうじて立ち直って、それらしい回数を重ねることができた。読み返してみると、このようなことまで題材にしていたかと、汗顔の極み。どちらにも顔向けできないような思いである。文中に引いたあいだみつをさんの日めくりに、「べんかいのうまい人間　あやまりッぷりのいい人間」という言葉があったが、私は、「あやまりッぷりのいい人間」ではなく、「あやまるしかない人間」である。

連載の毎回、デザイナーの南一夫さんに楽しい挿絵を添えていただいた。南さんの髪はとても立派なアフロヘアーで、髪のない私とはまことに対照的。二人並んだ写真を口絵にしたいほどだが、それはかなわないようで、かわりというわけではないけれど、装幀のデザインをして下さるとのことを聞き、嬉しい。

「短歌」の石川一郎編集長、編集部の住谷はるさんや多くの皆さんにお世話をおかけした。テーマに困って相談したら、「エロスはどうですか」と答えが返ってきて驚いたのも今や楽しい思い出である。ありがとうございました。

平成二十八年七月二日

大下一真

著者略歴

大下一真（おおした　いっしん）

1948年7月　静岡県西伊豆生れ
1964年1月　「まひる野」に入会
1968年7月　鎌倉瑞泉寺に住み大下姓を継ぐ
1971年3月　駒澤大学仏教学部卒業
　　　　　　円覚寺専門道場にて1976年7月まで修行
　　　　　　瑞泉寺副住職
1985年3月　瑞泉寺住職
1987年7月　山崎方代の研究誌「方代研究」創刊編集
　　　　　　今日に到る
2005年1月　「まひる野」編集室担当
2015年1月　「まひる野」編集発行人

著書

歌集『存在』歌集『掃葉』歌集『足下』（日本歌人クラブ賞受賞）　歌集『即今』（寺山修司短歌賞受賞）　歌集『月食』（若山牧水賞受賞）歌書『山崎方代のうた』

共著

『方代さんの歌をたずねて／芦川・右左口篇』『方代さんの歌をたずねて／甲州篇』『方代さんの歌をたずねて／放浪篇』『方代さんの歌をたずねて／東京・横浜・鎌倉篇』など

鎌倉山中 小庵日記　ちょっと徳する和尚の話
かまくらさんちゅうしょうあんにっき　　とく　おしょう　はなし

2016年7月25日　初版発行

著者／大下一真
　　　おおしたいっしん

発行者／宍戸健司

発行／一般財団法人　角川文化振興財団
東京都千代田区富士見1-12-15　〒102-0071
電話　03-5215-7821
http://www.kadokawa-zaidan.or.jp/

発売／株式会社KADOKAWA
東京都千代田区富士見2-13-3　〒102-8177
電話　0570-002-301(カスタマーサポート・ナビダイヤル)
受付時間9：00～17：00（土日 祝日 年末年始を除く）
http://www.kadokawa.co.jp/

印刷製本／中央精版印刷株式会社

本書の無断複製（コピー、スキャン、デジタル化等）並びに
無断複製物の譲渡及び配信は、著作権法上での例外を除き禁じられています。
また、本書を代行業者などの第三者に依頼して複製する行為は、
たとえ個人や家庭内での利用であっても一切認められておりません。
落丁・乱丁本は、送料小社負担にて、お取り替えいたします。
KADOKAWA読者係までご連絡ください。
(古書店で購入したものについては、お取り替えできません)
電話 049-259-1100（9：00～17：00/土日、年末年始を除く）
〒354-0041　埼玉県入間郡三芳町藤久保550-1

©Isshin Oshita 2016　Printed in Japan
ISBN 978-4-04-876393-6　C0095